Character
Legendary Me
ミュシャ
オズマ
ザザ
アーヴィン
シスター・アンジェ

キャリー
アルメイダ

CONTENTS

Legendary Me

伝説の俺3

マサイ

BRAVENOVEL
ブレイブ文庫

プロローグ　陰謀《コンスピラシー》

湿度の高い空間、カツン、カツンと硬質な足音が幾重にも木霊した。

神聖オズマ王国の隣国、マチュアの王都――イグザ。

その貴族屋敷が集まる地域の地下には、旧グロズニー帝国時代に造られた秘密施設が、三百年もの時を経た今も、ほぼ当時のまま残っている。

元来の用途は反逆者や政治犯を幽閉するための秘密監獄だったらしいのだが、我々マチュア独立派は、それを拠点として利用していた。

とはいえ、それも少し前までの話。王家を完全に支配下に置いた今、主要な機能及び人物は、既に王城内部へと移動し、ここに残っているのは我々の首魁たる人物の自室のみである。

彼自身は、ここから移動する気はさらさら無いらしいが。

（こんなところ、もう何の用もないだろうに……）

かび臭い空気の蟠《わだかま》る狭い通路に歩みを進め、私は開錠の合い言葉を唱えて、突き当たりの扉を押し開けた。

「何者だ！」

扉の内側で、武器を手に身構えるメイドたちを手で制し、逆に問いかける。

「主上は？」

途端に、メイドたちは本来の表情である、張り付いたような微笑を浮かべた。

「お部屋においでです、マーティマス卿」

実際は、聞くまでもないことだ。

この数年、彼が部屋から外に出たことなど一度も有りはしないのだから。

「どうぞ、こちらへ」

先導するメイドの一人。その後について、私は歩みを進める。

「主上、マーティマス卿がお見えです」

メイドが扉を押し開けるのに合わせて、女のくぐもった喘ぎ声が聞こえてきた。

部屋の奥に目を向けると、淡い照明に照らされて薄い帳《とばり》の向こうに、騎乗位で女を突き上げる少年のシルエットが浮かび上がっている。

ベッドの上には、今抱いている女の他に、横たわる二人の女のシルエットがあった。

「これは失礼……しばらく外でお待ちいたしましょう」

私が眉を顰《ひそ》めながらそう口にすると、「やんっ……」と女の短い声が聞こえる。帳の向こうで少年のシルエットが、自らの上に跨がる女を押し退けるようにして身を起こした。

「かまわないよ。そろそろ一息入れようと思ってたところだしね。キミがわざわざここへ足を運ぶっていうことは、例の件でしょ？」

「左様で」

そうしている間にも帳の向こうで女たちが、這うように彼の股間へと顔を寄せる。ぺちゃぺちゃと淫靡な水音、そして女三人の艶《なま》めかしい吐息が響き始めた。

この浅ましい女たちは、王妃グレーシアと二人の姫。

今や国王は魂の抜けた傀儡に過ぎず、彼女たちは彼の愛玩動物でしかない。

あの高貴な王妃と可憐な姫君たちが、奪い合うように彼の逸物へと舌を這わせているこの光景は、元家臣の身としては少々複雑な気分になる。

その上、彼の正体が自称通りに帝国最後の皇帝イヴァン五世、その人であるのなら、王妃殿下はともかく姫殿下たちについては、自らの子孫を凌辱していることになるのだから、吐き気を催す光景だと言っても良いだろう。

私は、視線を床へと落として告げる。

「予定通り女王暗殺は失敗、マレクは囚われました。確証はございませんが、オズ・スピナーと名乗る少年が、復活したオズマである可能性が高いかと思われます」

「うん。で、そいつは黒髪黒瞳《こくはつこくどう》だった？」

「報告の通りならば」

「いいねぇ。実にいい」

王国側の協力者の一人、ジョッタ・ヒューレックの死。その際に立ち昇った炎の柱をもって、オズマの復活を知った我々は、永きに亘って張り巡らせてきた計画を、一気に推し進めることとなった。

対抗戦に合わせての女王襲撃。あれはオズマを特定するための餌だ。女王暗殺が成れば良という冷笑的な立ち位置である。ちなみにボルトン×トマス派についてはギリギリ許容しても良いが、ボルトン×オズ派については、そのセンスの無さに呆れるより他にない。

現在、私は対抗戦で精神に負ったダメージを癒やすべく静養中。とはいえ、精霊魔法による記憶の部分消去によって、既に完治していると言って問題のないところにまで来ている。

実際、望めばすぐにでもアカデミーに復学可能だろう。

（……と言っても、大義名分付きで実家でダラダラ出来るのですから、慌てるつもりは全くありませんけれど）

友達は恋しいけれど、アカデミーの慌ただしさは正直、私の好みではないのだ。

「お嬢さま、クロエお嬢さま。お手紙が参っておりました」

「あら、どなたからかしら」

メイドが差し出す手紙を受け取りながら、私は首を傾げる。

差出人は、ザザ・ドール。

アカデミーで出会った、私の親友にして唯一無二のバディである。

正直、意外だった。決して仲が悪いわけではないけれど、彼女なら手紙を出すよりもこちらの迷惑など顧みず、直接押しかけてくるぐらいの方がイメージに合う。

とはいえ、気にかけてくれる友人がいるということに、心が温かくなるような気がした。

ところが――

「しぇぇぇえええええっ⁉」

文面に目を落とした途端、私は思わず奇声を上げる。

その上、内容のあまりの衝撃に立ち上がった私は、勢い余って大理石の野外テーブルに強かに膝を打ち付け、呻き声すら出ないほどに悶絶した。

「お嬢さまっ!?」

「んぉうぅ……お皿っ！　膝のお皿が割れっ……膝のお皿っ……膝のお皿がっ！」

慌てて駆け寄ってきたメイドに、必死に膝の皿が痛いことを訴える私。膝の皿は令嬢的にはしたないのかどうなのか、実に微妙なラインである。一応下半身ではあるわけだし。

だが——

「え!?　お、お、お皿っ!?　お皿ぁあああっ！　あ、あわわわわわわっ……ど、どういたしましょう。だだだ、旦那さまに、な、何と申し上げれば……」

——私の想像以上にメイドが狼狽《うろた》えた。どうみても尋常な反応ではない。

考えてみれば、このメイドは先日、お父さまが大切にしていたお皿を割って、次に割ったら解雇すると通告されていたのだ。

いや……流石に膝の皿は数に含まなくていいと思う。お父さまもたぶん困る。

膝の皿を連呼して悶絶する貴族令嬢、オロオロと狼狽えまくるメイド、我関せずと股間を握り合う彫像。優雅な薔薇園に、実に意味不明な光景が爆誕していた。

メイドが落ち着きを取り戻し、私の膝の痛みが落ち着くまで半刻ほど。

コホンと一つ咳払いをして何事もなかったかのように仕切り直し。私はあらためてザザの手紙に目を落とした。

手紙の内容は、オズくんとザザの婚約報告。

（いったい、何がどうなってそんなことに？）

浮かれ切った文面にはかなりイラっとさせられたが、それ以上にオズくん、ザザ、姫殿下、あの不器用な三人の微笑ましい三角関係、その最も美味しいところを見逃してしまったのではないかと思うと、居ても立ってもいられなくなった。

「今すぐアカデミーに戻ります。準備を！」

言葉の勢いとは裏腹に、私はそーっと立ち上がった。

膝の皿をぶつけると、超痛いことを学習したのである。


ザザとの婚約を公表して、既に一ヶ月ほどが経過しようとしていた。

俺自身は、婚約したことを意識しないようにしているのだが、ザザは「ご令嬢たちは、まだオズくんを諦めてなさそうだから」と、必要以上にべったりとくっついてくる。

人目を気にせずというよりも、人目が有れば有るほどに、彼女のスキンシップには遠慮がなくなるようにすら思えた。

お陰でアーヴィンは常にイライラ。教室内の空気を著しくギスギスしたものへと変えている。

「オズは私のバディなの！　邪魔よ！　邪魔っ！」

「あーん、オズくぅん、姫殿下がいじわるするよぉー」

今日も今日とて、朝の教室にアーヴィンの甲高い怒声が木霊する。

ザザがわざとらしく俺の腕にしがみつくと、アーヴィンのこめかみには、優雅さとは無縁の太い青筋が浮かび上がった。

「この甲斐性無し！　アンタも何とか言いなさいよ！」

ザザを俺の寝室に引き込んだのはアーヴィンだったはずなのだが、遂にはザザだけではなく、俺にまで突っかかってくる始末。ご令嬢たちに言い寄られる煩わしさからは解放されたが、状況はむしろ悪化したと言ってもいい。

「頼むよ、ザザ……あまりアーヴィンを挑発しないでくれ」

俺が諭すようにそう告げると、今度はザザが口を尖らせる。

「だってさ、婚約を発表してから言い寄ってくる男の子が増えちゃって……アタシはオズくんの婚約者なんだって、ちゃんとアピールしとかないと」

そうなのだ。

実におかしな話ではあるのだけれど、俺に言い寄るご令嬢たちが減ったのとは対照的に、俺が知っているだけでも十数人の男子がザザに言い寄っている。それも、比較的高位貴族の跡取り息子たちがだ。

他人のモノは魅力的に見えるというのが一つ。そして、より精霊力の強い血を取り込みたい貴族としては、ザザがボルトン先輩をぶっ倒したという事実は無視できないらしい。

その上、婚約したとはいえ、名目上俺の実家ということになっているスピナー家は、王都に屋敷も持たない小貴族である。家格で言えば、充分奪い取れる。そう考えるのだろう。

「はぁ……」

不穏な空気を垂れ流して睨み合うザザとアーヴィンに挟まれて、毎日、毎日良く飽きないものだと、俺は思わず溜め息を漏らす。そんな俺に、背後から囁きかける人物がいた。

「ふーん……なるほど。で、オズくんの本命はどちらなのでしょう？」

「本命って、そんなの選べるわけ……って、え？」

慌てて振り返ると、そこには実家で療養しているはずのクロエの姿があった。

「クロエっ!?」

真っ先に声を上げたのはザザ。

「ただいま」

クロエがにっこり笑って小さく手を振ると、ザザはガタガタと椅子を押し退けながら駆け寄って、押し倒さんばかりの勢いで彼女に抱き着く。

「もぉおお、心配したんだから！　帰ってくるなら帰ってくるって手紙ぐらい出しなさいよぉ！」

「ごめんなさい。本当なら、もうしばらく療養してるつもりだったから」

「それで……もう大丈夫なの？」

ていませんし」

「はい、もうすっかり。一番辛い部分の記憶に消去処置を施して貰ったから、トラウマも残っていませんし」

「うぅ……よかった。よかったよぉ」

なんだかんだ言ってもザザにとって、クロエは唯一無二のバディなのだ。正に感動の再会。ザザの瞳が潤むのを目にして、俺も貰い泣きしそうになった。

だが、感動の余韻はそこまで。

クロエは、抱き着いてきたザザを力ずくで引き剥がし、その肩をがっちりと掴んで顔を突き付ける。

「それはそうと、きっちり説明してくれるかな？　くれるよね？　何がどうなってザザとオズくんが婚約なんていう話になったの？　ねぇ、ザザ？」

「え……あ、うん、それは、その……あ、あはは」

思わず目を逸らすザザ。だが、クロエの追及は止まらない。

「対抗戦が終わってから、今日までの出来事を書き出して。箇条書きでいいから！」

「ク、クロエ？　目が据わってるんだけど。怖い。怖いから……」

「ザザが姫殿下を出し抜ける要素なんて、何もなかったでしょ？　何があったの？　何をどうしたの？　どんな手を使ったの？　薬？　魔法？　脅迫？」

「出し抜くって……。いや……だって、その……姫殿下はただのバディだし」

その瞬間、俺の背後でアーヴィンの怒気が著しく膨れ上がって、その瘴気めいたギスギスした空気に、周囲のクラスメイトがガタガタと席を立って逃げ出し始める。

「へぇ……ただのバディねぇえ……」

地の底から響いてくるかのようなアーヴィンのその声に、俺の背筋が凍り付いた。


「オズ……ただのバディとか言われてるけど、何か言うことある？」

あの後、姫殿下が逃げ出そうとしたオズくんの胸倉を掴んで、八つ当たり気味に詰め寄ったところで、実にタイミング良くアルメイダ先生が教室へと入ってきた。

とはいえ、授業が始まって半刻近く経つ今でも姫殿下の怒気は一向に収まっておらず、周囲の生徒たちはビクビクしている。

私――クロエは、ちらりと隣の席のザザを盗み見た。

（やっぱり……何かがおかしい）

王族は精霊王と契り、伴侶は持たない。それがこの国における常識である。

だが、大っぴらに口にする者こそいなかったが、アーヴィン姫殿下は精霊王の存在しない炎属性であるがゆえに、臣籍降嫁するという噂が絶えなかった。

姫殿下がオズくんに見せる異常なまでの執着から、私はその噂が真実に違いないとそう思っていたのである。そして、ザザがオズくんに想いを寄せていることを知りつつも、相手が姫殿下では勝ち目はないと踏んでいたのだ。

それがまさかの大逆転、ザザがオズくんの婚約者となっていたのだから、驚くなという方がおかしい。

そして、半信半疑でアカデミーに舞い戻って実際に状況を目にしてみれば、ザザとの婚約は本当だった。だが、それとは裏腹に、姫殿下のオズくんへの執着には全く変わりがなかったのだ。

バディとしての執着？　いやいや、あの反応は嫉妬以外の何者でもない。

ならば、姫殿下の一方的な横恋慕……と考えるのは、やはり無理がある。

この神聖オズマ王国の王権は、よくもいままで暴君が現れなかったものだと思うほどに強い。正面切って逆らえるのは、それこそ正教会ぐらいのもの。

姫殿下がその気になれば、ザザのごとき田舎貴族の令嬢を排除するのは訳もないはずなのだ。ところが、排除するどころかザザは結婚までの間、行儀見習いとして王宮で暮らすことになったのだという。まさに異例中の異例。世間一般的な見方をするならば、王家はオズくんとザザの婚姻を承認し、後ろ盾になろうとしているとさえ思われた。

(矛盾だらけ……オズくんと姫殿下、そしてザザの本当の関係は、いったいどうなっているのでしょう)

私は、自分の手元へと視線を移す。

ノートにはオズくんたち三人の相関図。姫殿下から二人へと伸びるラインの上にクエスチョンマークを書き入れ、三人が形作る三角形の外に、自分の名前を書き入れた。

私には恋愛をする資格がない。

傍観者として、他人の恋愛模様を楽しむことしかできない。

だからこそ、人並み以上に憧れるのだ。

普通の恋愛が好き。三角関係はもっと好き。ドロドロぐちゃぐちゃな愛憎劇も大好物。男の子同士の恋愛も大好きで、女の子同士の恋愛も捨てがたい。肩が触れただけで頬を染める女の子の姿は愛おしいし、照れ隠しにぶっきら棒な態度をとる男の子の可愛さには頬が緩む。実った恋は美しく、虚しく散った愛もまた美しい。道ならぬ恋に忍ぶ姿も、恋の成就に歓喜する様も、嫉妬に身を焦がして破滅する様も等しく美しいと思う。結末の如何を問わず、恋に身を焦がして男女が一喜一憂する様には胸が躍った。

そして、軽い女を装いながら純情一途な親友と、内心と態度が裏腹な純情姫殿下が一人の男性を巡って、心を揺らす様など純金にも勝るほどの価値がある。

だが、今回ばかりは乗り遅れた。乗り遅れたのだ。

私が実家でのうのうと養生している内に、彼女たちの恋愛模様は複雑怪奇な進展を見せ、現在の意味不明な状況を呈している。

いったい、私の知らないところで何が起こったのだろうか？　オズくんが選んだのは、本当にザザなのか？　姫殿下はいったいどんな立場なのか？

この状況をはっきりさせなくては、この胸のモヤモヤが晴れることはないだろう。

（これはもう……問い詰めるしかありません）

そう決意した私は、一限目の授業が終わってすぐ、ザザにこう告げた。

「ザザ、積もる話がいっぱいだし、今晩泊まりにいくから」

「え？　泊まりに行くって……いやいやいや！　ほら、アタシ、王宮暮らしだし……そんな勝手なことできないってば！」

「姫殿下、ダメですか？」

私は姫殿下の方を振り返って問いかける。なんだかんだと言いながら姫殿下は押しに弱い。とにかく弱い。断られてもしつこく食い下がれば、きっと許可してくれるはずだと。

ところが——

「いいわよ」

「……え？」

あまりにもあっさりと許可が出て、私は思わず目を丸くした。

「なに、その顔？　久しぶりに再会したバディの邪魔をするほど、私は狭量じゃないわよ」

涼しげな顔をして肩にかかった髪を手で払う姫殿下。だが、一方でザザが酷く慌てだした。

「ちょ、姫殿下、今夜は……」

「あー心配しなくても大丈夫、そこは私が代わってあげる。遠慮しなくてもいいから」

「ぐっ、姫殿下、あ、あんたねぇ……」

「お礼なんていいわよ、友達でしょ？」

「ぐ、ぐぬぬ……」

（ザザの、この悔しそうな顔はなんだろう？）

ザザは、救いを求めるようにオズくんの方へと目を向ける。同時に、姫殿下もなぜかオズくんの方へと威嚇するような鋭い視線を送り、彼はビクッと身を跳ねさせたかと思うと、あからさまに目を逸らした。

（……あれ？　もしかして私、やらかした？）

姫殿下からは、先程まで撒き散らしていた怒気が消えている。その一方で、ザザが酷く悔しげな顔をしていた。間違いなく私は、何かをやらかしていた。


午前の座学、午後の実技をつつがなく終えて、私はアカデミー復帰初日の放課後を迎えた。

「じゃ、行きましょう！」

気乗りしない様子のザザの手を取って、急かすように一般生徒の送迎専用ロータリーへ向かおうとすると、彼女は慌てて首を振る。

「クロエ、違うの。そっちじゃなくて……」

「え？」

そして、彼女に連れられて辿り着いたのは、王家専用のモト停車場。そこには王家の紋章を描いたモトが待ち受けていた。

「じゃあ、乗って」

「あ、うん……」

私は、ザザの後について王家の紋章入りのモトに乗り込む。

「それにしても……王家のモトを使わせてもらえるなんて、行儀見習いの割りにやけに扱い良いよね？」

「え？　そ、そうかな？」

実際、行儀見習いと言えば、扱いは侍女。要は使用人だ。そう思えば、これは破格の待遇だと言ってもいい。

あからさまに目を泳がせるザザ。そんな彼女に助け舟を出すかのように、御者席のメイドが口を挟んできた。

「何もおかしなことはございません。ザザさまは姫殿下のご学友ですし、その婚約者であるオズさまも、女王陛下の側近中の側近であらせられるスピナー卿の弟君です。お二人には、女王陛下も特に目をかけておられますから」

王宮での特訓の際、何度か見かけたことがある。確か、ジゼルさんという名のメイドだ。

顔まではっきりと覚えていなかったが、近衛騎士並みに露出度の高い独特のメイド服には見覚えがあった。

「ふーん……そうなんですね」

（一応、辻褄は合ってるように聞こえますけれど……）

どうにも、このメイドは信用できない。纏っている雰囲気がどこか不穏なのだ。

「ええ、とはいえ、ザザさまはあくまで行儀見習いの身でございますので、普段は侍女として姫殿下のお世話をご担当いただいております。そうですよね？」

「え？　あ、うん、そうそう。そうなんだよ。結構大変なんだよねー。姫殿下わがままだしさ」

確かに普通、行儀見習いとはそういうものではあるけれど、人並み以上にがさつなザザに、跳ねっかえり姫殿下の侍女など務まるとは思えない。

そしてメイドは、あらためて私にこう告げた。

「姫殿下がお許しになったことですのでとやかくは申しませんが、行儀見習いがご友人を王宮に滞在させるなどとは異例のことでございます。間違えても、勝手に王宮内を出歩かれるようなことはございませんよう。賊と間違われでもしたならば、命の保障はいたしかねますので」

「わ、わかりました」

王宮に到着して、私たちはそのままザザに与えられた部屋へと案内される。

王宮最奥の扉をくぐり、その向こうに続く別棟。中庭を取り囲むように建てられた四つの豪奢な建物、その東側の二階である。

「うわぁ……素敵なお部屋」

壁面を金細工で飾られた豪奢な部屋。ここまで贅沢にゴールドを使っておきながら全体的には極めて上品で、落ち着いたアンティークの調度品が絶妙なバランスを保っていた。

「当然でございます。ここは……大英雄オズマさまが復活された際には、後宮《ハレム》となる場所でございますので」

「後宮《ハレム》!?」

正直、驚いた。この場が後宮《ハレム》だということもさることながら、王家が本気で大英雄オズマ復活に向けて準備をしていることに驚いたのだ。

確かに、大英雄オズマの復活は正教経典にも予言されているが、国民の多くはそれを神話に類するものだと思っている。正教会の神官やシスターたちでもない限り、本気でそんなことを信じている人間などいないだろう。いや、神官やシスターですら怪しいものだ。

「ご夕食はお部屋までお持ちしますので、それまでごゆっくりお寛ぎください。それとザザさまはあくまで行儀見習いでございますので、王宮にいる間はこちらにお召し替えください」

「えっ!?」

手渡された物を目にして、ザザが頬を引き攣らせる。それはメイド服。それも通常のメイド服とは異なる、ジゼルさん仕様の極端に布地の少ない代物だ。

「あれあれぇ？　どうなさいましたか？　いつも、それを纏っておられるじゃありませんか。行儀見習いなのですから、当然でございますよね？」

「いや、あ、あのぉ……ジ、ジゼルさん？　アタシ、普通のメイド服がいいなぁ……なんて」

「いやいや、何を仰っておられるのです。オズさまを誘惑したいから、この特別仕様メイド服を着たいと仰ったのはザザさまではありませんか！」

「そんなこと言……あ、あはは……あ、うん、そ、そうだったかなぁ。あ、あはは……」

ザザが顔を強張らせるのも、当然と言えば当然。なにせ、あの露出度だ。

ちなみに以前、特訓の際にジゼルさんの姿を見かけた私が、姫殿下に「あのメイドさんはどうしてあんなに露出の多いメイド服なの？」と尋ねたら、ただ一言――

「変態だから」

――と返ってきた。実際、王城で見かける他のメイドさんたちは普通のお仕着せである。

そして、ザザは一見遊んでいそうに見えるが、実はかなりの恥ずかしがり屋。自分からこのメイド服を着たがることなど有り得ない。

だとすれば、これはジゼルさんの新人メイドいびりみたいなものなのだろう。

（それなら……全力で乗っかるしかない！）

親友ならば助け舟を出すべきなのだろうが、実に残念なことに、私としてはザザがそれを着ているところを是非見たい。そして、願わくばそれを着ているところを目にしたオズくんの反応を見てみたいのだ。

「着替えたら？　私も普段通りのザザを見てみたいし」

「う……うぅ……」

私が微笑みかけると、ザザはガクリと肩を落とした。

眼福というのは、まさにこういうことを言うのだろう。オズくんに披露する機会こそなかったが、メイド服のザザが恥じらう姿を思いっきり視姦出来たのは、思わぬ幸運だった。

もちろん、ただ彼女をエロい目で眺めていただけではない。

積もりに積もった話は止めどもなかった。夕食を取りながら、食後のお茶を楽しみながら、二人でお風呂に入りながら、そしてベッドに入った後も。それこそザザが寝落ちしてしまうまで、私たちはずっと喋り続けた。

私は、隣で安らかな寝息を立てている親友の顔を覗き込む。

(うーん、ますます訳がわからなくなっちゃったなぁ……)

ザザの話に拠れば、オズくんと彼女の仲を取り持ったのは、姫殿下だというではないか。

ボルトン先輩と対戦することになった経緯は、何度聞いても今一つよくわからなかったけれど、対戦直後にザザからオズくんに告白。一度はフラれてしまったところを、姫殿下が彼女を叱咤激励して、再びアタックしたのだという。

一言で言えば「なんじゃそりゃ」である。だって、ザザがイチャつけば姫殿下が怒気を撒き散らす現状を鑑みれば、どう考えてもありえない話だ。

(姫殿下は王族で結婚は出来ないから……好きだけどザザに譲ったってこと?)

いやいやいやいや、あの姫殿下がそんなにいじらしいわけがない。

（これはもう……オズくんにも話を聞かないと……）

ザザの話によると、幸いにもオズくんの部屋も同じ敷地内。北側の棟、その五階なのだという。

モヤモヤしたこんな状態では、落ち着いて眠ることなどできはしない。

（命の保障はできないって言われましたけれど……まあ、大丈夫ですよね）

私はベッドを降りると夜着の上からショールを羽織り、わずかに開いた扉の隙間から廊下を覗き見る。

深夜の王宮は、シンと静まり返っていた。人の気配はない。

窓から差し込む月明かり。冷めた月光に浮かび上がる蒼い風景の中、床の上に窓枠の形に影が落ちている。

私は大きく深呼吸すると、足音を殺して部屋から歩み出た。

ひんやりとした空気。周囲はシンと静まり返って、そのあまりの静けさに自分の心臓の音が聞こえるような錯覚にとらわれた。

（三階で繋がってるって言ってましたっけ……）

中庭を取り囲む四棟は、三階部分で全て繋がっている。雑談の中で、ザザがそう言っていた。だから私は、まず上階へと続く階段を探す。

壁に背を預けるようにして慎重に移動。階段を上って三階へ。そして、そのままオズくんの部屋があるという北棟に足を踏み入れた。

（……誰も居ませんね）

結局、北棟五階に辿り着くまでに、衛兵の姿は一度も見かけなかった。

不用心過ぎはしないかとも思ったが、むしろ王宮のこんな奥にまで侵入されることの方が想像しにくい。

（……歌？）

五階に上った途端、誰かが歌っているような声が微かに聞こえた。オズくんの声ではない。女性の声だ。

私は、声の聞こえてきた方へと足を向け、慎重に歩みを進める。隙間から僅かに光の洩れている扉を見つけて歩み寄り、音を立てないように慎重に扉を押し開けた。

そして、僅かに開いた扉の隙間から中を覗き込んだ途端――

「っ!?」

――私は、思わず息を呑んだ。

「あぁっ！　激しいっ！　あ、あ、あんっ！」

荒い吐息と嬌声。間接照明に浮かび上がった絡み合う男女の影。

「あぁっ、もう、許してぇ！　あ、あ、あぁあああああっ！」

目尻に涙を浮かべながら、髪を振り乱す四つん這いの姫殿下。その腰を掴んだオズくんが、背後から激しく彼女を突き上げていた。

（う、嘘っ……な、なんで？）

心臓が激しく脈打っている。初めて目にする男女の営み。歌だと思ったのは喘ぎ声だった。私は思わず口元を押さえて驚愕のあまり漏れ出しそうになる声を噛み殺す。

「アーヴィン、本当に反省してる？」

「あんッ、し、してるぅ！　あ、ああっ！　そ、そんなに激しく突かれたら、ンンッ！　んあッ、すごいッ、ゴリゴリ擦れてっ！　でもぉ、あれはザザが……はあっ、ダメぇ、あああっ！」

「人のせいにするな！　この淫乱姫！」

「ひぁあぁあああっ！」

シーツをギュッと握りしめ、雄々しい抽送に乱れる姫殿下。そのあられもない姿を楽しげに見おろしながら、オズくんが杭を打つかのように激しく腰を打ち付けた。

(セックスしてる!?　セックスしてるっ……嘘、なんで!?)

私は、確かに姫殿下とオズくんの関係を疑っていた。

だが、それは姫殿下が将来的にオズくんの下へと降嫁することを狙っていると想定したのであって、まさか今現在、二人が肉体関係にあるとは露《つゆ》とも思っていなかったのだ。

「アーヴィン、お前は誰のモノだ？　言ってみろ！」

「あ、あぁっ、オズ、オズのぉ……」

「オズぅ？　いったい、何様のつもりなんだろうね？」

途端にオズくんは腰の動きを止める。すると、姫殿下は焦るような素振りを見せた。

「いやぁああっ、ち、ちがう、旦那さま、旦那さまのモノですぅ！」

「わかればいいんだ」

オズくんが勝ち誇ったような顔をして、ねっとりと内側を擦り上げるかのように腰を動かすと、姫殿下の口から切羽詰まった叫びが迸《ほとばし》る。

「ひぃいいいいっ！」

「こうやって擦られるとすごいだろ？」

淫猥な腰遣いを繰り出しつつ、オズくんは嗜虐心に塗れた表情を浮かべた。

「んぁっ、ひっ！　すごいのぉぉぉお……こ、こんなのわたしっ……ひっ、あぁああっ！」

「いい顔だ、アーヴィン。いつもの偉そうなお姫さまとは別人みたいだな。もっと擦ってやる、ほらほらほらっ」

「あっ、ダメぇっ！　あっ、はああっ！　あああぁああっ！　はあぁああぁああ！」

オズくんが腰の動きを速めると、姫殿下は髪を振り乱し、開きっぱなしになった口から涎を垂らして獣染みた大声でよがり啼いた。

「愛してるよ、アーヴィン！」

「ああぁ、ああっ、あぁああっ！　旦那さまぁ、愛してるぅ、わらひも愛してますぅううう！　ああっ、らめぇっ！　イクッ、イクイクッ、イクイクぅううぅうう！」

「っ！」

オズくんが短く呻くと、大きく身を仰け反らせる姫殿下。

（え……ウソ!?　中に射精《だ》してる!?）

二人が身を強張らせる光景を、私は呼吸することすら忘れて見入ってしまっていた。

「はぁ……はぁ……はぁ……」

二人の荒い吐息が響き始めるのと同時に、私も大きく息を吐き出す。頬が熱を持っていた。

心臓が痛いほどに脈打っている。

（ど、ど、どうしよう。すごいもの見ちゃった……）

興奮のままに胸の内で呟いたその瞬間、突然、誰かが私の耳元で囁いた。

「出歩けば命の保障はできないと……そう申し上げたはずですが？」

それはあのメイドさんの声。慌てて振り向こうとした私の唇を柔らかな感触が塞ぐ。

「むぐっ!?」

（え？　キスされたっ!?）

その途端、急速に意識が遠のき始める。やがて、私の意識は深い闇の中へと呑み込まれた。

第二章　傍観者でいられなくなった日

「はぁ、はぁ……オズぅ、早くベッドに戻ろうよぉ、もう限界だってばぁ」

「アーヴィン、もうちょっと我慢して」

「ありゃりゃ……姫殿下、完全に出来上がっちゃってるねぇ」

「そろそろ効果が戻る頃とは思っておりましたが……。まあ、媚薬は明日にでも処理するといたしまして、今はクロエさまの処遇をどうするかというのが問題でございます」

ぼんやりした意識の向こうで、誰かの話し声が聞こえている。

「う、うぅ……」

重い瞼を開けば目の前が一瞬白み、私を見下ろしている四人の人物のシルエットが浮かび上がった。明るさに慣れるに従って、それは私の知る人たちへと像を結んでいく。

冷たい目で私を見下ろしているのは王宮メイドのジゼルさん、その隣には困ったとでも言いたげな表情のザザ。苦笑するオズくんの足に縋りつくように座り込んでいるのは、下着姿の姫殿下。そして私は、後ろ手に拘束されて椅子に座らされていた。

(……ここは、オズくんの部屋……かな？)

状況が呑み込めず、霞がかった頭のままに私は首を傾げる。

「えーっと……おはよう？」

「まだ、夜中でございます」

クスリともしないジゼルさんに、ばっさりと切り捨てられた。

「出歩かれたら命の保障は致しかねると、そう申し上げましたよね？」

彼女のその一言で私は、自分が何を目にしたのかを思い出す。そして、それが何を示唆しているのかも……だ。

「えーと……つまり、オズくんは復活した大英雄オズマだってことですね」

「な⁉」

「え⁉」

その瞬間、オズくんとザザがビックリしたような顔をした。

いや、そんなに驚くようなことでもないと思う。

王族は伴侶を持たず精霊王と契って子を宿す。この国における常識中の常識だ。だが、姫殿下はオズくんと性交していた。王族を抱くことが許される者、例外中の例外。そんなの大英雄オズマしか考えようがないのだから。

だが、一瞬走った緊張感を姫殿下が台無しにする。

「オズぅ、ち○ぽ出して、ち○ぽぉ……」

「ちょ、アーヴィン、やめて、ズボンずらさないで、こ、こら！　そんなとこ握っちゃいけません」

（……姫殿下、いったいどうしちゃったんだろ？）

正直、どんな顔をしていいのかわからない。

「クロエさまは頭の回転の早い方でございますね」

私の戸惑いを他所《よそ》に、ジゼルさんが感心したような口ぶりで呟くと、ザザが慌てる素振りを見せた。

「どうすんのよ、これ？」

「どうもこうもございません。殺すというのも選択肢の一つではございますが、それがマズいということであれば、記憶の消去措置をとるしかありませんね」

（あ、殺すっていう選択肢もありなんですね？）

今一つ現実感がなくて、私はまるで他人事のようにそう思った。

「いやいやいや、記憶の消去措置って負荷高いんでしょ？　クロエは対抗戦の記憶消したばかりだけど、そんなに連続してやっちゃって大丈夫なの？」

ザザの疑問に、ジゼルさんがニッコリと微笑んで答える。

「高確率で、パッパラパーになりますが、大丈夫です」

「全然、大丈夫じゃないじゃん!?」

殺されるよりはマシだとは思うけれど、流石にパッパラパーは笑えない。

私は、ザザを仰ぎ見る。

オズくんの正体を知っても彼女は殺されていないし、記憶を消されてもいない。ならば、私にとれる生存戦略は、たった一つ。ザザと同じ立場になることだ。貧乏くじでしかないので、オズくんには申し訳ないけれど、それしか思いつかなかった。

「じゃあ、私もオズくんに嫁入りするってことで」

「は？　え？　えぇぇえええっ！」

ザザが、またビックリしたような顔をする。

ちなみにオズくんは、ズボンを脱がそうとする姫殿下を押し止《とど》めるのに必死で、今の話は聞いていなかったらしい。

突飛なアイデアのように聞こえるが、オズくんが精力絶倫の大英雄オズマなら、妻は何人いても足りることはない。なにせ、これだけ巨大な後宮を用意するぐらいだ。そして、妻になれば問題は解決する。実に単純明快な発想である。私を妻にすることに何の旨味もないことを脇に置けばだが。

「もしかして……クロエもオズくんのこと」

ザザが戸惑いがちに、私の方へと視線を向ける。

「いいえ、オズくんには、これっぽっちも興味はありませんけど」

「ないんかい！」

というか、殿方全般に興味がない。繰り返すようだが、私には恋愛する資格がない。だから、恋に葛藤する男女、その恋愛模様にしか興味はないのだ。

「オズくんの妻ということにしておけば、この先も男女のあれやこれやを間近に見られるわけですし、そのポジションはおいしいですから」

「………………あー」

ザザが理解したと言わんばかりに肩を落とす。流石はマイバディ。わかってくれて嬉しいです。

すると、胡乱な者を見るような目をしたジゼルさんが、私をじっと見据えた。

「確かに大英雄オズマは誰が妻になろうと、一律にヤリまくるだけの下半身が本体と言ってもさしつかえのないセックスモンスターでございます。確かに問題はございません」

「ちょ、ちょっと待って！　俺が聞いてないうちに話がおかしなことになってない!?　なんだよ、セックスモンスターって！」

この謂われようには、流石にオズくんも抗議の声を上げる。だが、ジゼルさんはどこ吹く風、オズくんの抗議をさらりと聞き流し、あらためて私を見下ろした。

「ですが、クロエさまは処女でございましょう？　匂いでわかります」

「匂い!?」

「伝説の大英雄オズマはおチ○ポも大英雄でございます。あなたは穴だらけにされる覚悟があるとでも？」

「ちょ！　おま！　俺は別に――」

オズくんが何やら喚いているが、とりあえず無視する。穴だらけとはまた大袈裟な表現だとは思うが、絶対にそうはならない。私には、穴だらけにするほどの価値がないからだ。

「うん、まあ、別にかまわないけど……私を抱いても楽しくないから、すぐ飽きるだろうし」

「楽しくない？」

怪訝そうに片眉を跳ね上げるジゼルさんからザザへと視線を移して、私はこう告げる。

「ザザ、私の腋、くすぐってみて」

「え？　あ、うん……」

戸惑いながらも私の腋をくすぐり始めるザザ。だが私は一切、何にも感じない。別に我慢している訳でもない。

「ご覧の通り、極度の不感症なんですよね。だからセックスとか言われても、全然夢のない話で……」

そうなのだ。性欲がないわけではないのだけれど、なにせ触覚が鈍い。とんでもなく鈍いのだ。

「まあ、感じなくても子供は出来る訳だし、親の決めた結婚相手と義務を果たす程度に子供を産んでって……それぐらいに考えてたんですけれど。それなら、オズくんの近くにいて色んな女の子とオズくんの恋愛模様を観察出来た方が、私にとっても都合が良い訳です」

どこか憐れむような顔をするザザ。憐れまれるのは不本意だが、私自身は大して気にしていない。すると、ジゼルさんが呆れたとでも言わんばかりに溜め息を吐いた。

「大英雄を舐め過ぎですね。オズマさま、どうなさいますか？　クロエさまを娶られますか？　拒否するということであれば、クロエさまはパッパラパー一直線でございますけれど」

「いやいやいや、普通に口止めすれば……」

「いいえ、そういう訳には参りません。オズマさまの存在は絶対秘匿情報でございます。娶るのは嫌、パッパラパーも嫌ということであれば、もう殺すしかなくなりますけれど」

「流石に殺されるのはイヤかな」

私が口を挟むと、オズくんは苦渋に満ちた表情を向けてくる。だが、その股間を姫殿下が弄りまくっているので、今一つシリアスさに欠けた。

「クロエは本当に、それでいいの？」

「うん、他の人なら嫌ですけど、オズくんなら、まあいいかなって。名目上、妻ということにしていただければ、別に無理に抱く必要はありませんし」

私が苦笑気味にそう告げると、ジゼルさんが静かに首を振る。

「いいえ、そういう訳には参りません。娶るというのであれば、ちゃんと務めを果たしていただかないと、女王陛下にご報告もできませんので」

「今すぐでなくても……」

オズくんのその一言に、ジゼルさんは、なぜか口元に薄い笑みを浮かべた。

「いいえ、今がその時でございます。オズマさま、丁度良いではありませんか。セックスに夢を持てないのは、あまりにも残酷でございます」

「あ、ああ……なるほど処置前だから……か」

弱り切った顔をして、オズくんがザザへと目を向ける。すると彼女は、苦笑しながら「クロエならいいよ」とそう言った。

ジゼルさんが、パンと手を叩く。

「決まりでございますね。では本日がお二人の初夜ということで。ザザさま、姫殿下、我々は退散いたしましょう」

ところが、姫殿下は子供みたいに頬を膨らませて、オズくんの脚にぎゅっとしがみついた。

「やだっ、やぁっ！　チ〇ポ、チ〇ポ欲しいの！　チ〇ポっ！」

これには、私も流石に言葉を失った。

姫殿下は本当にどうしてしまったのだろう。まるで小さな子供のようにダダを捏ねながら、子供には聞かせられない卑猥な言葉を喚き散らしている。本来なら性行為をすることのない王族だけに、頭に何らかの不具合が起こっているのかもしれなかった。

「はいはい、姫殿下、聞き分けてくださいませ」

「やぁあっ！　やだぁあああっ！」

ジゼルさんは、オズくんの脚にしがみついて泣き喚く姫殿下を力ずくで引き剥がし、見た目からは想像もつかないような腕力で、暴れる彼女を苦も無く小脇に抱えて出て行った。

最後に、ザザはちらりと私に目を向けると、どこか複雑な顔をしてオズ君の方へと向き直り、苦笑気味に口を開く。

「オズくん、クロエをお願い」

「ああ」

そして、彼女はオズくんと頷きあうと静かに部屋を後にした。

残されたのはオズくんと私。なんとなく漂う気まずい雰囲気の中で彼が口を開く。

「と、とりあえず拘束解くから」

「あ、それは、大丈夫です」

私は水触手《ウォーターテンタクル》を発動し、触手を使って縄を解いた。我ながら実に器用だとは思う。この程度の拘束ならいつでも抜け出すことは出来たのだけれど、話をややこしくする必要もないので大人しくしていただけだ。

「その……クロエ、本当にいいのか？」

オズくんは、まだ戸惑うような顔をしている。

正直に言って、我々王国民が持っている大英雄オズマのイメージとは程遠い。だが、こんなオズくんだからこそ安心して、妻になるとか斜め上なことを言えるのだ。

私は返事もしないで、ベッドに大の字に横たわり口を開く。

「さあ、どうぞ！」

「いや、どうぞって言われても……」

「あんまり、焦らされると怖いから、早く」

なんだかんだ言っても、怖いものは怖いのだ。

誰に聞いても、初めては痛いとしか言ってくれない。私の場合、何をされてもほとんど濡れもしないから、たぶん人並み以上にめちゃくちゃ痛いはずなのだ。痛覚だけ大して鈍くないのは、本当に理不尽だと思う。

オズくんは真剣な顔をしてベッドに上ると、寄り添うように横から上体だけを重ねてのしかかり、私を抱き寄せた。

「なんでこうなったっていう気はするけれど……娶るからには大事にする」

「うん、その……よろしくお願いします」

私が緊張気味に頷くと、彼は静かに唇を重ねてくる。

「んっ……」

初めての口付け。

彼は、上唇を持ちあげて舌を挿しこむと、歯茎の部分を舐めまわすように舌を蠢かせた。吐息と一緒に舌先が侵入してきて、素早く舌を絡めとられ、かすかな息苦しさに私は身を震わせる。

物語で見るようなロマンティックさは、そこには無かった。

良く耳にする頭がジンと痺れたとか、気持ちいいとか、そんな感覚は全くない。たぶん、私は舌や口の中の感覚も鈍いのだろう。

互いの唾液で口の中がいっぱいになって、(なんだかなぁ……)と思いながら、私ははやむなく喉を鳴らしてそれを嚥下する。

しばらく口腔内の柔らかな粘膜をねぶっていた舌が退散したと思ったのも束の間、今度は私の舌先がオズくんの口のなかへと誘い込まれた。

チュウチュウとわざとらしく淫らな音をたてて、オズくんはちぎれるほどに私の舌を強く吸いたて、嬲り尽くそうとする。

だが、私の表情に大して変化がないことに戸惑ったのか、彼は口を離して問いかけてきた。

「気持ち良くなかった?」

「うん、まあ……大丈夫」

世の女の子は気持ちよさそうな演技をするものだと聞くけれど、残念ながらそういうことが出来るような人間でもない。凹んだ顔をするオズくんには申し訳ないけれど、これはもう仕方のないことなのだ。

「別に愛してほしいとか言わないから。私は私でみんなの恋愛模様を楽しむし、オズくんが私の身体を道具みたいに扱って楽しめるなら、それでチャラってことで」

オズくんはなんとも言えない複雑な顔をする。そして彼は悔しげに奥歯を噛み締めながら、私の夜着を乱暴に捲り上げた。

「あっ……」

ぽろっと乳房がまろび出て、私は思わず羞恥に顔を背ける。触覚の鈍さと羞恥心は関係がない。カッと頬が熱くなるような気がした。


クロエに、俺を馬鹿にするつもりがないのはわかっている。

それでも、俺は感情的になってしまった。

性行為は男女の全てではないが、大事な要素の一つには違いない。だが、触覚が人より鈍いばかりに、彼女はそれを諦めてしまっていた。

人の恋愛を眺めることを代償行為として消費し、それを継続するための試練として、自分の男女関係を貶めている。

あまりにも歪《いびつ》だった。歪《いびつ》過ぎた。

妻として娶ろうという女の子に、そんな想いを許して良いのか？　良い訳がない。

（そうだ、良いわけないだろ！　大英雄なんだろ、オズマ！）

夜着を剥ぎ取り、ショーツ一枚になった彼女の肢体は美しかった。

着やせするのか胸は大きく、形良くツンと上を向いている。男ならだれでも揉みしだきたくなるような魅力的な乳房である。

（感じさせてやる……恋愛は見るものじゃないってことを思い出させてやる！）

俺は意気込みながら両掌を乳房に押し当てる。クロエは、その俺の手をじっと見つめていた。

ねっとりと柔らかな感触。シルクのような、なめらかな肌が吸いついてくる。甲乙付け難いが、シャーリーほど大きくはなくとも筋肉量が少ない分、彼女の胸は一層柔らかく感じられた。

少し力を入れれば指は肉に沈み込み、その指の動きに合わせてムニムニと形を変える白い肉鞠。だが、その艶《なま》めかしい変化とは裏腹に、クロエの表情には全く変化がなかった。

変化どころか吐息に乱れもなく、声の一つも洩れはしない。それどころか、まるで何が楽しいのだろうと言わんばかりに、彼女は俺の手をじっと眺めていた。

「ク、クロエ、どう？」

「どう？　あ、うん……おっぱいだね」

表情に出なくても少しぐらいはという俺の淡い期待は、あっさりと打ち砕かれる。

（くっ……これなら、どうだ！）

ギュッギュッと強弱をつけながら揉みしだき、人差し指と中指で乳首をつまんでおいて、親指の腹でぐりぐりと撫でまわした。

だが、やはり変化はない。それどころか彼女の目つきが、少し眠たげなものになっている。

（……マジか）

ここまでの不感症というのは想像がつかなかった。

何か性質《タチ》の悪い呪いにでもかかっているんじゃないだろうか？

だが、ここで諦める訳にはいかない。

俺は乳房を揉む手は休めずに、顔を伏せて薄桃色の初々しい突起を口に含む。そして、上下の唇でそれを挟み、舌先でコロコロと転がすように責めたてた。

だが、やはりほとんど反応はない。

頬が赤く染まっているのは、おそらく感じているからではなく羞恥から。

俺は焦りにも似た思いを抱えながら、彼女のショーツに手を伸ばした。

「あ、やだ……恥ずかしい」

クロエは抵抗するように脚を閉じる。だが、俺は力ずくでそれを押し広げ、足首からショーツを抜き取った。

両脚を押し開いてその間に座りこみ、股間に顔を近づけて覗き込む。恥毛は薄く、ふっくらと丸みを帯びた恥丘の中心に、ピンクの秘裂が顔を覗かせている。だが、まだ男を知らないそこは、全く濡れもせずに固く閉じられていた。

（なんというか、自信を失うな……これは）

それはつまり、今まで行ってきた前戯が、何一つ効果がなかったということに他ならない。

前世は童貞だったとはいえ、転生して以降は妻たちを相手にセックス三昧の日々を送ってきたのだ。それなりに自信を持った矢先のこの有様である。

(ジゼルが『今なら』と言っていたのは、媚薬の効果でこの不感症を何とかできるってことなんだろうけど……)

それには、兎にも角にもクロエの胎内に精液を注ぎ込まなければ始まらない。

まるで瓶の中に入ったコルク抜きのような話である。

(仕方がない。可哀想だけど……せめて……)

「このままじゃ挿《はい》らないからね」

俺は、ベッドを降りて戸棚から香油を取り出し、クロエの股間へと垂らす。トロリと粘度の弱い液体が彼女の白い肌を滴り落ちて、シーツに染みを造った。

「……え？　あ、うん」

首を傾げる彼女。俺は再びベッドに上って、指先で彼女の股間へと香油を擦り込みながら、下着ごとズボンを下ろす。途端に、バネ仕掛けの玩具のように跳ね起きる勃起。雄々しく屹立した逸物に、彼女の視線が釘付けになった。

「ひっ!?　うそ、そんなの入るわけ……」

瞳の奥に怯えの色が浮かんで、クロエが声を震わせる。

「ちょっとだけ、我慢してくれ」

俺は自身のモノにも香油を纏わせて、有無を言わさずクロエの秘部へと押し当てた。

「や、やめ……」

今の今まで平然としていた彼女が恐怖に顔を歪ませる。だが、ここでやめる訳にはいかない。俺は体重をかけて彼女の身体を押さえ込みながら、グイと腰を押し進めた。

「っ!?　ちょ、無理！　オズくん、や、やめて、やめてください！　ひぐっ!?　い、痛っ……」

固く閉じられていた花弁を強引に押し開いて、俺のモノが彼女の中へと侵入する。強張る身体、見開かれた目、歯を食いしばる必死の表情。

（くっ……きつい……）

濡れてもいない狭い膣孔は抵抗が強く、挿入というよりは掘削するといった雰囲気。少し進むだけで、ズリっと引き攣るような感触があった。

「ぎゃぁあああっ！　痛っ、痛いっ！　痛いっ！」

ご令嬢にあるまじき悲鳴を上げて、痛苦に泣き叫ぶ彼女。その膣孔を強引にこじ開け、秘肉を軋ませるように捲り上げながら、俺は剛直を捻じ込んでいく。

「ぐっ、あぁああああっ、痛いっ、死んじゃうっ、オズくんっ、や、やめてっ！」

メリメリと音を立てて掘削される狭隘な雌穴。ピクンピクンと上半身を仰け反らせて悲鳴を上げる姿に、今まさに彼女を襲っている強烈な痛みが伝わってくるような気がした。

たとえ処女であったとしても、日常的に自慰行為でもして指を押しこんでいれば、これほどの痛苦はないのだろうが、感覚の鈍さゆえに、クロエにはそんな経験もほとんどないのだろう。

そんな彼女に、人並み以上に大きな肉棒の洗礼はショックが大きすぎた。

「う、うぅう、うぇぇ……お願い……もう、やめてぇ」

ボロボロと泣きながら懇願するクロエ。罪悪感は凄いが、ここでやめる訳にはいかない。痛いだけで終わらせてしまったら、性行為そのものがトラウマになってしまいかねない。

押し戻してくるような強い抵抗を受けながらも、俺は半ば力まかせに剛直を根元まで突き入れる。そして先端が子宮の壁に届くほどに彼女を深々と貫いた。

「うぅ……ひっく、ひっくっ、うぇぇ……痛いよぉ、痛いよぉ」

痛苦に顔を歪め、クロエは子供のように泣きじゃくっている。繰り返すようだが罪悪感が酷い。だが、それ以上に興奮が収まらなかった。どうやら俺は、相当サドっ気が強いらしい。

普段は澄まし顔の上品なご令嬢。そんな彼女の股間に、俺のモノが突き刺さっている光景をあらためて目にすると、益々昂っていくような気がした。

「う、うぅ……も、もう終わりでしょ、抜いて、抜いてよぉ」

ボロボロに泣き崩れた顔で訴えるクロエ、だが、残念ながらそのご要望にはお応えできない。まだ、挿入を果たしただけ。セックスはここからなのだ。

「終わりじゃないよ。これからだ」

「うそ……無理、無理だよぉ」

絶望的な表情を浮かべる彼女に体重をかけて押さえつけながら、俺は抽送を開始する。

嘗て経験したことのないような締め付け。手で力いっぱい握りしめられているような錯覚すら覚えた。

「ひぃいいいいいいいっ！　痛いっ！　痛いっ！　やめてぇえええええ！」

秘肉を捲り上げながらズボズボと抜き差しすると、クロエが嗚咽交じりに耳に痛いほどの悲鳴を上げる。

「ぐぅううううっ、うぅうううううっ！」

それはやがて、色気の欠片もない獣の唸り声のような声へと変わって、彼女は俺の背中へと爪を立てた。眉間に深く刻まれた縦皺と、歪んだ目もとが痛苦を訴えている。鼻腔がふくらみ、上唇が少し捲れて、必死に食いしばった白い歯が覗いている様子が酷く痛々しかった。

「ぐっ、あぁっ……お願い、もう動かないで、酷いことしないで……」

「悪いけれど動かないと、いつまで経っても終われないから」

彼女の懇願を素っ気なく振り払って、俺は益々荒々しく腰を揺すりたて、秘孔の奥深くへと剛棒を捻じ込む。

「ううっ、こんなのどこがいいのよぉ、辛いだけじゃない……」

クロエは、恨みがましい目を向けてくる。痛みしかなければ、そういう感想にもなるだろう。

「もうちょっとだけ、我慢してくれ」

だが、彼女にとっては救いと言ってもいいだろう。この締まりの良さでは、俺もさほど長くはもたない。その上、痛みのせいか先端から根元までまんべんなく、キュッキュッと膣肉が肉棒を締めつけるように細かい蠕動を繰りかえし、それが俺の性感を押し上げていった。

「ううっ……早く、早く終わってぇええええ」

苦しげに顔を打ち振るたびに、ベッドに広がった艶やかな髪が乱れ、一房の紙束が唇の端に貼りついた。その痛々しい表情に胸の奥でドクンと心臓が脈を打つ。嗜虐心、征服欲、呼び方は何でも構わない。そんな思いが俺を更に昂らせた。

「つ、クロエ、もうすぐだ。もうすぐイクっ……」

呻くようにそう口にすると、彼女はどこかほっとしたような表情を浮かべる。一刻も早くこの凄絶な責め苦から解放されたかったのだろう。

俺は身を起こし、彼女の括《くび》れに手をかけて、腰の動きを小刻みなものへと変えた。

荒々しく剛棒を秘孔の奥深くへと捻じ込み、腰を捩って秘肉を捏ねまわすと、クロエは大きく身を仰け反らせて喉に詰まったような声を漏らす。

「あ、あがっ!? う、うううっ、ひっ！ あぁあああああっ！」

俺ももう限界だ。彼女の苦悶の表情を見下ろしながらぴったりと腰を密着させて、俺は深々と根元まで押しこみ、溜まりに溜まった精を一気に吐きだした。

「くっ！」

ピクッピクッと跳ねる太幹が肉襞を叩き、熱い奔流が秘孔の奥深くで爆ぜる。

「あああああっ！」

クロエは弱々しく左右に首を打ち振って泣き叫び、俺は力を込めて彼女の腰を惹きつけながら、鋭い快感に頬を歪ませる。

ドクドクと胎内に精を注ぎこみながら、俺は小刻みに腰を揺すりたて、征服感に酔った。孔内に精液を送りこむ瞬間、これでこの女は自分のものになったのだという荒々しい実感が胸の奥から湧き上がってくる。

全てを彼女の中へと注ぎ込み終えて、俺は息を荒げながら彼女の上へと身を倒した。

「はぁ、はぁ……終わったよ、クロエ」

耳もとで囁かれて、彼女は力なく頷く。どうやら返事をする気力も残っていないらしい。

「抜くよ」

乱れた息を整えて俺は肉棒を引き抜いた。肉笠に掻き出された処女喪失の鮮血と精液が入りまじり、ヌルッと淫唇に溢れだす。

ついさっきまで恥ずかしげに閉じられていたピンクの扉は、無惨にこじ開けられたまま、すぐには閉じる力もなくぽっかりと穴を開けていた。

クロエは脱力しきったような状態になって、ピクリとも動かない。痛苦に歪んだ表情が戻り切っていないのは、それだけ痛みが大きかったということなのだろう。

（さて……媚薬の注入は終わったけど、これで効果が無かったら、今度こそ本当にお手上げだぞ）

（やっと、終わった……）

初めての性行為は、一言で言えば拷問でしかなかった。

身体を真っ二つに引き裂かれるかのような壮絶な痛み。あらためて、私には恋愛をする資格がないのだと思い知らされた。

（もう二度とセックスなんてしない！）

オズくんならセックスを拒否しても、見捨てたりはしないだろうし、姫殿下やザザがいるのだ。彼も、痛がるばかりの私を抱かねばならない理由なんてない。

彼が、精力絶倫の大英雄オズマである以上、この先も沢山の女性を妻として迎え入れることになるのだろう。痛みと引き換えに、そんな極上の恋愛模様を間近で鑑賞できる権利を得たのだと思えば、さほど割の悪い取り引きだったとは思わなかった。

痛み以外の感覚は異常なまでに鈍いので、オズくんが私の上から退いて股間から血混じりの白濁液が垂れ落ちているのを目にするまでは、本当に胎内に射精されたのかどうか、半信半疑だった。

（うわぁ……こんなにいっぱい射精《で》るんだ）

疲労困憊で薄目気味に目にした股間の状態には、正直少し驚いた。

だが、その瞬間のことである。

いきなり、ドクンと胸の奥で心臓が大きく飛び跳ねた。

「かはっ……！」

息がつまるような跳ね方に、思わず喉の奥から空気が押し出される。そして鞴《ふいご》で風を送られた炉《ろ》の如くに、身体の奥で激しく炎が燃え上がるのを感じた。

（え!?　な、なに、なに、これ！）

「クロエ、大丈夫か？」

オズくんが、私の顔を覗き込んでくる。だが、今はそれどころではない。震える指先、乱れる呼吸、凄まじい速さで心臓が脈打って、血の巡りの速さに頭がクラクラする。そして、狂おしいほどの欲望が身体の奥の奥、そのまた奥からせり上がってきた。

（あぁ……ほ、欲しい。欲しい？　な、何が……）

恐ろしいほどの飢餓感。だが、いったい自分が何を欲しているのかがわからない。苦しみに耐えかねて彼の腕を掴んだその瞬間、私の目が彼の股間を捉える。

射精したばかりだというのに逞しく屹立する肉の棒。私の初めてを奪い、苦しみにのたうち回らせた凶器。そこから目が離せなくなってしまったのだ。

「あ、あ、あぁ、ああ、あっ……」

考えていることが言葉にならない。一点を凝視しながら、ただただ呻き声を漏らす私を眺めて、オズくんがホッとしたような顔をした。

「良かった、効いたみたいだね」

（効いた？　効いたってなに？）

彼は、抵抗する暇《いとま》も与えずに、戸惑う私の股間へと手を伸ばす。

彼の指先が割れ目に触れたその瞬間――

「ひぃいいいいいっ!?」

――私の頭に、稲妻が落ちたかのような衝撃が走った。

背筋を電流が走り抜け、ブリッジするかのように身が反り返る。そして、ボトボトボトっと股間から信じられない量の淫液が零れ落ちた。

「え、あ、あ、あ、あぁああっ！」

狼狽する私を楽しげに見下ろしながら、オズくんは淫唇に指を差しこむと、くねくねと指先を動かしながら、肉襞を刺激する。

「あっ、あ、あ、あ、あ、あ、あっ、ひぃいいいっ！　あぁあああっ！」

さっきまでは痛みしか感じなかったというのに、彼の指の動きに合わせて脳みそを突き刺すかのような快感が、次から次へと襲い掛かってきた。

彼は股間を弄りながら身を寄せると乱暴に乳房を揉みしだき、首筋を舐めあげてくる。

「な、なに、あぁっ！　こ、これ、あぁあああああっ！」

それは今まで味わったことのない感覚。それが気持ちいいと思うのが怖かった。

「いやぁああっ！　いやっ……やめてぇ……やめてぇ……」

必死に指先でシーツを握りしめながらそう訴えると、オズくんはピタリと動きを止める。

「本当にやめていいんだね？」

荒い呼吸に上下する胸。答えることも出来ずに黙り込む私。だが、彼が動きを止めてから、一秒ごとに狂おしいほどの物足りなさが募り始める。まるで中毒症状。彼の指先に触れられていないことが苦しくて、私は無意識にも、甘える猫のように彼の胸に頬を擦り付けていた。

「やぁ……やだぁ……やめちゃいやぁ……」

支離滅裂なことを言っているのは自覚している。だが、この未知の感覚が怖くて仕方がないのに、それが欲しくて仕方がないのだ。

苦笑するような吐息を洩らして、彼が再び指を動かし始める。

「あ、ひっ、あぁっ、あんっ、あぁあぁっ！」

彼の指の動きに合わせて、目の前に極彩色の星が飛び散った。声が抑えられない。凄まじい快感の奔流に押し流されて、私はとうとう我を忘れた。

「あぁあぁっ、オズくんっ、オズくぅん、あ、あ、あああっ、いぎっ！　ひっ！　あぁぁあっ！」

自分でも、とんでもない量の愛液が滴り出ているのがわかる。快感に強張る身体をこじ開けられる感覚。彼が指を蠢かす度に新たな蜜液が湧きだして、腿を伝い、お尻の割れ目を伝って、シーツを濡らしていた。

「オ、オズくん、おかしくなるっ！　おかしくなっちゃうぅぅう！」

必死に訴える私の目の前に、見せつけるかのように彼が逸物を晒す。

「これが、欲しくなってきただろ？」

否定したかった。だって、あんなに痛い目を見たのだ。二度とセックスなんてしない。そう決めたのだ。だが、血管の浮き出た逞しいその肉棒を目にした途端、頭に霞が掛かって、凄まじい渇望が私のお腹の奥で疼き出した。

「ううっ、欲しい……欲しいよぉ……」

私は我慢できずに、やるせなく腰を揺する。いったい私の身体はどうなってしまったのか？何一つわからないままに、オズくんの責めに屈していた。

「でも、そうだな……まずは、こっちで味わわせてあげる」

彼は私の胸を跨いで、屹立した肉棒を口元へと突きつけてくる。

（あぁ……この匂い……あらまが蕩けひゃぅ……）

臭《くさ》いと思ったのは一瞬だけ。途端に頭の中が蕩けだして、眼前の赤黒い切っ先が愛おしくなった。私が無意識にもその先端に口づけると、オズくんはぐいっと腰を押し進める。

「むぐっ……」

唇を割って、先端が口内へと侵入。そのまま亀頭部が喉もとにまで届くほど、深々と口中に埋まり、ジャリッとした陰毛が唇を圧した。

「おいしいだろ、クロエ」

普段とは全然違う鼠をいたぶる猫のような目をして、私を見下ろすオズくん。怖いと思いながらもその眼を見ていると胸がときめくような気がした。

「ほいひぃ、ほいひぃひょ……」

私は浅ましく舌を太幹に絡ませて舐めあげ、チュパチュパと淫靡な音をたてながら吸うように唇で肉棒を扱きたてる。

「くっ……上手に出来てるよ、クロエ」

呻くようにそう口にすると、彼は腰を揺らして口内を荒々しく捏ねまわし、喉の奥まで切っ先を突き入れてきた。

そして、散々私の喉奥を蹂躙した末に、唇にぴったりと腰を押しつけて、いきなり精を放つ。

「んんっ!?　うぐぅうううっ！」

太幹がピクンピクンと跳ねて、ドピュッ、ドピュッと熱い奔流が喉奥目掛けて注ぎこまれてくる。思わず目を白黒させる私。あまりの量に溺れてしまうと、本気でそう思った。

「んぐっ、んぐっ、んぐっ……」

私は喉を鳴らして、必死にそれを呑みくだす。苦くて生臭くて喉に引っかかる体液。美味しくなんてないけれど、味わえば味わうほどに身体が熱を持って、もっともっとそれが欲しくなった。気が付けば、最後の一滴まで吸いつくそうとでもするように、チュウチュウと音を立てて彼のモノに吸い付いていた。そんな自分の浅ましさにゾクゾクした。

「ぷはっ……オズくん、オズくぅん……私、私ぃ、もう我慢できないよぉ」

腰を揺すって、恥ずかしげもなく哀願する。瞳孔が開き切っているのが、自分でもわかった。もはや令嬢と呼ばれるのもおこがましい。今の私は、ただの淫らな牝でしかなかった。

「ああっ、おち○ちん欲しいよぉ……挿れてえ、挿れてよぉ」

口を開けば唇の端から、注ぎこまれた精液の名残が胸元へとしたたり落ちる。きっと、今の私はとんでもなくいやらしい顔になっているのだと思う。

私は捲れあがった上唇を舌先で舐めあげながら、小刻みに腰を震わせる。セックスなんて痛みの記憶しかないのに、どうしてこんなに身体が疼くのか、自分でも全く訳がわからなかった。ただ、とにかくあの逞しい肉棒で無茶苦茶に掻き回して欲しいと、それればかりを考えていた。

「はあ、欲しい、おち○ちん欲しいよぉ……なんでもするからぁ……」

意識と無意識の境は曖昧で、頭の片隅で自身の発言を恥じながらも、上目遣いに彼へと必死に希《こいねが》う。

「今度こそ気持ちよくしてやるからな」

彼は、私の両脚を抱えるように掴むと一気に肉棒を押しこんだ。

「あぁあああああっ！」

力強く侵入してくる硬い肉の塊。だが、その感覚はさっきとは全然違う。

痛くない訳ではなかった。だが、ズリっと内側を擦り上げられた途端、痛みなど気にならなくなるほどの快感が生まれたのだ。

声と一緒に肺の中から空気が押し出され、肉棒が私の胎内を行き来する度に、頭の中を滅多刺しにするかのように鋭い性感が突き刺さる。

「あぁあああっ！　あぁあああああっ！」

それは、初めての感覚だった。

（これが……これがセックスなんだ）

みんな、私に黙ってこんな気持ちいいことをしていたんだと思うと、嫉妬めいた思いが湧き上がってくる。

「ひっ、あ、あ、あ、あ、あ、あ、ああああああああああっ！」

リズムをつけて奥まで突き上げられると、あまりの刺激に背中が仰け反った。溢れかえった蜜液が太腿まで垂れ落ちて、彼が抜き差しする度にグチョッ、グチョッと卑猥な音を立てる。

「気持ちいいか！　クロエ！」

「うん、あ、あ、あっ！　ああっ、きもちっ、あんっ、気持ちいいよぉおおお！」

激しく腰を揺すりながら、彼は私の胸を揉みしだく。触れられた場所から次から次へと波紋のように快感が広がって、私は我を忘れて声を上げた。

「クロエも俺のモノになったんだから、これからずっと気持ちよくしてやるからな」

ヌポヌポと肉棒を出し入れしながら、オズくんが耳もとで囁きかけてくる。

「あんっ、あんっ！　うれしいっ！　うれしいよぉ、オズくんのモノになれてうれしぃいい」

正直、最初はどうでも良かったのだ。ザザや姫殿下、私の大切なお友達の恋模様を間近で見届けることができるなら、相手がオズくんでなくても良かった。

だけど、今はもう違う。心の底から、オズくんの妻になれたことが嬉しかった。

自分には、一生縁のないことだと思っていた恋愛感情、そしてセックス。それを味わっていることで、もう胸がいっぱいになっていた。

「ひっ、ひっ、あ、あ、あ、あっ、あぁっ！」

喘げば喘ぐほどに彼は、さらに荒々しく腰を使って抽送を強めていく。私は私で、もっとこの快感を貪ろうと、腰をくねらせて必死に肉棒を更に奥へと咥えこもうとしていた。

眉間に深い縦皺が寄っているのがわかる。閉じきれない唇から涎が零れ落ちているのがわかる。貴族令嬢にあるまじきだらしない顔。でも、表情が笑み崩れるのを止められない。

「あぁっ、溶けちゃう、わらひ、溶けちゃうよぉ、あ、あ、あ、あ、あっ！」

快感を口にすればするほどに、身体が敏感になっていくような気がした。

「あ、ああっ！　オズくん、も、もうダメっ！　ダメなのっ！」

快感は堆積するかのように身体の内側で渦を巻いている。このままでは溢れ出してしまう。そんな切羽詰まった思いを私は必死に訴える。

「もうちょっとだけ我慢してくれ！　一緒にイクから！」

バスンバスンと下腹部を叩きつけるような荒々しさで抜き差しをくりかえされると、私は益々乱れた。あられもない声を張りあげて、狂ったように腰を揺すりたてる。

「あぁああっ！　イクっ！　イっちゃうぅううう！」

必死に限界を訴えると、彼は私の乳房を握りつぶして身を支え、小刻みに腰を動かして最後のスパートに入っていった。

「あ、あ、凄い、イクっ、イクっ、イクゥウウウウ！」

やがて、私が絶頂の叫びを上げたその瞬間、彼は下半身をぴったりと密着させて、膣奥深く

に溜まりに溜まった精を吐きだした。

肉棒が激しく跳ねて膣壁を叩き、ドピュッ、ドピュッと灼熱の奔流が胎内へと注ぎこまれてくる。

「あぁあああああああああっ！」

私は両脚で彼のウエストを挟み込み、背骨が折れんばかりに身を仰け反らせた。

浅ましくも膣肉はキュッと肉棒を咥えて、最後の一滴まで愛する少年の精を搾り取ろうとしているかのように激しく蠢く。

「あ……あ……あぁ……」

最後の脈動を受け止め、力尽きるようにベッドに背を落とすと、荒い吐息が上から降ってきた。そして、私たちは汗まみれの互いの身体を愛おしむように抱きしめ合う。

（ああ……幸せ……）

彼の体温を感じるだけで、幸福感が胸の奥から湧き上がってきた。

未だに、私の身に何が起こったのかはわからない。あれほど鈍かった感覚が、こんなに鮮烈な快感を生み出すまでに変わってしまった理由は全くわからなかった。

でも、もはやそんなことはどうでもいい。私は、観覧席から歩み出て舞台に立ったのだ。傍観者ではなくなってしまったのだ。

「あ……抜いちゃヤだ」

肉棒を引き抜こうとする彼の動きを察知して、私は股間に力を込める。

だが、遅かった。彼が腰に手をかけて力を入れると、ヌポッと卑猥な音がして、肉棒が抜け落ち、逆流した精液が秘唇からトロリと溢れだした。

「もー！　イヤだって言ったのにぃ……」

ブスっと唇を尖らせると、オズくんは呆れ顔で苦笑する。

「まだまだ、夜は長いんだから」

耳元でそう囁かれると、途端に頬が熱を持つ。

私はもう、この快感無しで生きていける気はしなくなっていた。

第三章　暴走シスター襲来！

「クロエさまの場合、快感神経が眠っているだけでございましたので、オズマさまの体内で生成される媚薬で、眠っていたソレを強引に叩き起こしてやれば、こうなるのは必然。むしろ、これまで刺激を受けて来なかった分、人並み以上の快感に晒される訳でございますから、意識を保っていられる訳がございません。とはいえ、少々やり過ぎではないかと……」

朝、ベッドの惨状を目にしたジゼルが、責めるような視線を俺へと向けてきた。

クロエが離してくれなかったからというのは、言い訳でしかない。

お陰でクロエは足腰が立たず、アカデミー復帰二日目にして、さっそく欠席。

おまけに昨晩、媚薬まみれの状態で放りだされたアーヴィンは、ジゼルが何らかの処置をしてくれて落ち着いてはいるものの機嫌は最悪。何らかの埋め合わせは必要だろう。

（まさか、こんなことで悩むことになるなんてな……）

仕方がなかったとはいえ、気が付けば四人目の妻を迎えることになっている状況は、我ながら全く意味がわからない。童貞のまま死んだ前世を思えば、とんでもない違いである。

そんなことを考えながら、俺は一限目間際の廊下を生徒会室へと向かっていた。

登校してすぐに、フレデリカ姫から生徒会室に来るようにと、名指しで呼び出されたのだ。

生徒会室に辿り着き、扉をノックすると、その向こうから涼やかな女性の声が聞こえてきた。

「お入りください」

本校舎三階の最奥。そこに鎮座する重厚な扉を押し開けて、俺はその向こう側へと足を踏み入れる。

白塗りの壁は上品で、赤じゅうたんの床は豪奢。ソファーセットの向こう側、黒檀のデスクの奥でフレデリカ姫が立ち上がり、ニコリと微笑みながら小首を傾げた。

「御足労いただき、誠に申し訳ございません」

アーヴィンから、このアカデミーの実質的な最高権力者は、この丸顔の姫殿下なのだと聞いている。ここも生徒会室という名ではあるが、実質は彼女の私室らしかった。

「オズ・スピナーくん。本来ならワタクシの方から出向くべきなのですけれど、それはそれで衆目を集めてしまいますので」

「あ、はい……お気遣いなく」

彼女は今、俺のことを『オズマさま』ではなく、『オズ・スピナーくん』と、そう呼んだ。

誰かが、ここでの会話に耳を欹《そばだ》てているのかもしれない。

意識を集中させてみれば、隣室に繋がる扉の向こうに人の気配がある。人数は一人、わずかに殺気だっているように思えた。

俺は、姫殿下に勧められるままに、ソファーへと腰を下ろす。

「それで……どういったご用件でしょう？」

「その後、いかがでございますか？　女子生徒からの過剰なアプローチは収まりましたでしょうか？」

「はぁ……まあ、一応、婚約者もできましたので」

「そうですわね。ですが、残念ながらザザさんのドール家は地方の小貴族。押し退けてでもオズくんを手に入れようと画策している家もあるようですから、充分にご注意を」

「……はあ。それはザザの身に危険が及ぶ可能性があると？」

「そうですわね。その可能性も否定できませんわ」

俺も男だ。モテて悪い気はしない。だが、大事な妻の身に危険があるのだとすれば、それを放置するわけにはいかない。

「それで……ここからが本題なのですけれど、オズくんに一人、生徒の面倒をみていただきたいのです」

「生徒の面倒を？　俺がですか？」

それは、姫殿下からの依頼としては、かなり意外な気がした。接触する人間が増えれば、俺の正体がバレる可能性も高くなるからだ。

「特例の編入生で……本当に申し訳ないと思うのですけれど、オズくんぐらいにしか彼女を制御できそうな方に覚えがないものですから」

「制御？」

人間関係においてあまり使用されることのないその単語に、俺が戸惑う素振りを見せると、姫殿下は隣室に繋がる扉の方へと声を掛けた。

「お入りください」

すると、制服姿の女の子が一人、憮然とした表情で部屋へと入ってくる。

黄土色の長い髪はボサボサで、まるでライオンのよう。

目つきは相当に悪く、そちらも肉食獣を思わせた。

すらりと手足は長いが、胸元は男かと思うぐらいにフラットで、制服のリボンは付けていない。そして、ボタンを外したシャツの首元は、だらしなくたわんでいた。

見覚えは……もちろんある。ただ、どうして彼女がここにいるのかがわからなかった。

「シスター……アンジェ!?」

呆然とそう呟くと、彼女は不愉快げに頬を歪め、威嚇するようにこちらを睨みつけてくる。

「あ？　文句あんのかテメェ？　ジロジロ見んじゃねぇよ、このエロ猿！　目ん玉スプーンでほじくり返すぞ、コラ！」

呼吸するかのような罵詈雑言。

それは間違いなく俺の知る、正教会最強のシスターだった。

例の透け透け僧衣でもなく、黄金の甲冑《ビキニアーマー》でもない制服姿の違和感は凄まじいが、なにせ口が悪い。誤解のしようもないぐらい、シスターアンジェだった。

俺は、救いを求めるように、姫殿下の方へと目を向ける。

すると彼女は、苦笑気味に肩を竦めた。

「実は……オズくんと戦いたいと仰っておられまして、戦えないなら僧籍を捨てる。路上であの男を襲ってやると暴れられたものですから、とうとう正教会が女王陛下に泣きついてきた……という訳なのです」

「俺を襲うって言っちゃってる人の面倒みるんですか!?」

「ええ、正教会としてはシスターアンジェに還俗《げんぞく》されては困りますし、いつ襲撃されるかわからない状況であれば、我々もオズくんを守りにくい。それならば、いっそのこと手元に置いて、授業の一環としての安全を確保した模擬戦なら許可しようと……そういうことに落ち着いたのです」

「戦うのは確定事項なんですね……」

俺が、げっそりした顔でそう口にすると、姫殿下は女王陛下そっくりの微笑を浮かべる。

「大丈夫ですよ。アカデミー在籍中は生徒として、課題に従事してもらいます。もっとも、オズ君に勝つまではアカデミーに在籍するということらしいので、永久に在籍することになるのでしょうね。勝てるわけありませんし」

姫殿下がコロコロと笑うと、ビキッと音を立ててシスターアンジェのこめかみに青筋が浮かび上がった。

「おい、メス豚！　聞き捨てならねぇぞ！　あぁん！　勝てるわけないだと！　上等だよ！　いますぐ、この野郎ぶっ殺してやんよ！」

「もう百回ぐらい申し上げたと思いますが、私闘は一切許可いたしません。言うことを聞いていただけないなら、二度と戦うことは叶いませんわよ？」

「チッ……むかつくぜ。お高くとまりやがって」

シスターアンジェは、ブスッとした顔でそっぽを向く。

「では、オズ・スピナーくん、お願いいたしますね」

そう言って、姫殿下は全てを俺に丸投げし、にこやかに微笑んだ。

(うわ……おっとりしていると思ってたけど……やっぱり、あの女王陛下の娘なんだなぁ、この人)

それが、フレデリカ姫殿下についての偽らざる俺の感想である。

生徒会室を出て、教室に戻ったのは一限終わりの休憩時間。

「あ、オズくん、遅かったじゃな……」

口を「な」の形に開いたまま、ザザがピタリと動きを止める。いや、ザザだけではない。俺が扉を開けた時点で、教室内の時が止まっていた。

理由はもちろん、俺の背後に立っている人物のせいである。

「げぇえええっ!?　シスターア、アン、アン、ア、ア、アン、アン、アン……ジェェ!?」

喘ぎ声みたいな悲鳴を上げたのはボルツ。対抗戦でシスターアンジェに、瞬殺された男子生徒の一人である。同じく瞬殺されたもう一人の男子生徒、イニアスの方へと目を向ければ、彼は泡を吹いて気を失っていた。

ボルツの悲鳴を皮切りに騒然とする教室。こうなることは大体想像がついていた。つまり、この口の悪いシスターはそれぐらい有名人で、それぐらいヤバい奴ということである。

「おい！　イニアス！　しっかりしろ！　誰かっ！　担架を！」

戸惑いと慄《おのの》きの声で騒然とする教室。

ザザとミュシャが、慌ただしく俺の方へと駆け寄ってくる。

「オ、オズくん、い、いったい、な、何がどうなってんの？」

「そうだよ。なんで彼女が、こんなとこに？」

歓迎されざるゲストの方へ、遠慮がちな視線を投げながら、声を潜めて問いかけてくる二人。

背後でシスターアンジェが「ちっ」と舌打ちをして、お前が説明しろとばかりに、俺の膝の裏をつま先で蹴り飛ばした。

「痛っ!?　それが……学生交流の一環として、しばらくアカデミーに在籍するらしくて」

「「は？」」

引き攣った微笑みを浮かべながら答えると、ザザとミュシャは目を丸くしたまま言葉を失う。

「おい、クソ野郎。いつまでここに突っ立ってりゃいいんだ？　とっとと席に案内しやがれ、このウスノロハゲ！」

「ハゲてねぇよ！　ほんと口悪いな!?」

大して言葉を交わしたこともないはずなのだけれど、よくもそんなに人を罵倒できるものだと、一周回って感心する。

「まあ、いいや……えーと、空いてる席は」

彼女を先導しようとした途端、突然、ドンッ！　と、俺を突き飛ばす者がいた。

「どけって、お呼びじゃねぇんだよ、劣等属性！　風属性は風属性同士、あとは俺がこいつの面倒見てやっから、すっこんでろ！」

それはキコ。オールバックのガラの悪いクラスメイトが俺を押し退けて、シスターアンジェの肩に手を置いた。

「アンタは、俺のバディってことで。へへっ！　これで、最強のバディ誕生だな」

口元をにやけさせながらキコがそう言い放つと、途端にザザが声を荒げる。

「ちょっと！　何言ってんのよ、キコ！　アンタのバディはミュシャでしょうが！」

「あん？　うっせぇブス！」

「ブスっ!?　誰がブスよ！」

「あー、うるせぇ、うるせぇ！　こいつみたいな落ちこぼれと俺じゃ釣り合わねぇんだっての！　やっと俺と釣り合うヤツが現れたってのに、水差すんじゃねーよ！」

「あんたねぇ！」

ザザが堪らず声を荒げると、ミュシャが彼女のシャツの裾を掴んで、ふるふると首を振った。

「ほ、ほんとのことだから……わ、わたし、足引っ張ってばかりだし……」

ほらみろとばかりに、キコが肩を竦めたその瞬間——

「おまえとアタシも釣り合わねぇっての！」

不愉快げなシスターアンジェの声とともに、バチッ！　と紫電が走って、いきなりキコの身体が吹っ飛んだ。

「バカが！　気安くアタシの身体に触りやがって！　ミンチにすんぞ、この生ゴミが！」

シスターアンジェが腹立たしげに触られた部分を払うと、キコが尻餅をついたまま、声を荒らげる。

「痛って……優しくしてやりゃつけあがりやがって！　俺の親父はこの国の法務大臣だぞ、牢にぶち込まれたくなきゃ、いますぐ詫びやがれ！　跪いて俺にすがれ、このクソアマ！」

途端に、ただでさえ不愉快げだったシスターアンジェの顔。そのこめかみに野太い青筋が浮かび上がった。

「うるせぇ！　大臣がどうした！　アタシはシスターアンジェだ、馬鹿野郎！　やれるもんならやってみやがれ！　稲妻閉じ込められる牢があるってんなら見せてみろよ！」

そして、彼女の周囲にバチバチと紫電が走り始める。顔を蒼ざめさせるキコ。救いを求めて周囲を見回すも、生徒たちの視線は冷ややかだった。声にこそ出さないが、誰もが「あーやっちゃったなー」とでも言いたげな顔をしている。

「何よりムカつくのがアタシの身体に触れたことだ！　このゲロシャブ野郎！　いいか、シスターってのは、みーんなオズマさまの妻なんだ！　アタシの身体に触れて良い男は、オズマさまだけなんだよ！　このボケ！」

次第にヒートアップしていくシスターアンジェ。

「ちょ、ちょ、ちょっ！　ちょっと待て！　待てってば！」

ひっくり返されたダンゴムシのように足をバタつかせるキコを、シスターは獰猛な表情を浮かべて見下ろした。

「やかましい！　死んで詫びやがれ！」

流石にこれはマズい。キコがどうなろうと構わないが、面倒を見ろと言われた手前、放っておくわけにはいかなかった。

俺は、今にも雷撃を放とうとするシスターアンジェとキコの間に身を投げ出す。

「待て待て待て！　落ちつけってば！　俺と試合しに来たんだろ？　ここで暴力沙汰起こすようなヤツとじゃ試合なんてできないぞ！」

「んだと！」

「頭使えよ、シスター。同じブッ飛ばすにしても、授業の模擬戦ならどんな無茶したって何の問題もない。対戦相手一人目がキコ、二人目が俺ってことでどうだ？」

「なっ⁉　ば、馬鹿野郎！　か、勝手なこというんじゃねぇ！　じょ、冗談じゃねぇぞ！」

途端に、背後でキコが騒ぎ出す。そんな彼を一瞥して、暴走シスターは振り上げた手を下した。

「ちっ……面倒くせぇな、ったく」

舌打ちしながら、彼女はキコを睨みつけ、ドスの利いた声でこう言い放つ。

「てめぇ、逃げんじゃねぇぞ！　もし逃げやがったら、地獄の果てまで追いかけて、てめぇの粗末なチ○ポ細切れにしてやっから、覚悟しやがれ」

ピクピクと頬を引き攣らせるキコ、シーンと静まり返る教室。そんな中、いつのまにか俺の傍に歩み寄っていたアーヴィンが、やたら低い声で囁きかけてきた。

「なに電気女にまで色目使ってんのよ。この浮気者」

（いや、俺……何にも悪くないよね）

ジトっとした目を向けてくるアーヴィンに、俺は強張った微笑みを返す。お姫さまはご機嫌斜め。あきらかに昨晩、欲求不満のままに放置されたことが糸を引いていた。

「違うから。フレデリカ姫殿下に面倒みろって押し付けられただけだから……」

「……どうだか」

ヒソヒソとそんなやり取りを繰り返していると、シスターアンジェがまた「ちっ」と舌打ちをして、こんどは脛を蹴りつけてくる。

「あーもう面倒くせぇな。バディはお前でいいや」

「ちょ!? いや、ダメダメ! 属性違うし、俺にはアーヴィンってバディが……」

「属性? 知ったこっちゃねぇな。アタシに釣り合うヤツが他にいねーんだからしょうがねぇだろうが!」

シスターアンジェが聞く耳持たぬとばかりに肩を竦めると、アーヴィンがいきなり俺の首に手を回し、頭を自分の胸元へと抱きかかえた。

「ちょ、ちょっと! アンタ! いいかげんになさい! オズは私のバディなんだから! アンタなんかに渡すつもりないんだからね!」

「ア、アーヴィン!? お、落ち着いて!」

これには、いきなり周囲がざわついた。顔面を胸に押さえつける光景は、いくらアーヴィンが洗濯板とはいえ、男女の関係を想像させるには充分。

ザザが「あちゃー」と額を押さえると、一方でミュシャが興味津々といった目を向けてくる。

「え、もしかして二人って……」

どこからか戸惑うような声が聞こえたのとほぼ同時に、あまりにも都合よく、アルメイダ先生が教室に入ってきた。

「何を騒いでいるの! 早く席に着きなさい!」

それにしてもアルメイダ先生は毎度毎度、本当に良いタイミングで現れる。廊下で入ってく

るタイミングを計ってるんじゃないだろうか。

先生の登場で、教室は一応の平穏を取り戻したとはいえ、イニアスは担架で保健室に搬送され、ボルツは真っ青になって俯いたまま。キコは不貞腐れて教室を飛び出し、アーヴィンの俺を見る目は今も氷点下である。

（炎属性なのに氷点下とは、これいかに……）

そして、今は――

「アンジェリーナ・アクィナスだ。あー……アンジェでいい。ムカついたら遠慮なくぶっ殺すから、覚悟しやがれ！」

――と、暴走シスターが教壇の上から、自己紹介とは名ばかりの威嚇を終えたところであった。

（これはもう……できるだけ早く模擬戦で負けて、お帰りいただく方が誰にとっても幸せなんじゃないかな？）

何とも言えない教室の空気に耐えかねて、俺が本気で接待バトルを検討し始めたところで、アルメイダ先生が話を仕切り直そうとした。

「は、はい、それでは、えーっと……アンジェリーナさんのバディは――」

だが、シスターアンジェは先生の言葉を遮って、俺の方へと指をさす。

「おい、先公。アタシのバディは、アイツでいい」

途端にアーヴィンがバン！　と席を叩いて立ち上がった。

「アンタ、まだそんなこと言ってるの！　私のバディだって言ってるでしょ！　この泥棒猫！」

「いや、泥棒猫って……」

ザザがツッコミながら、苦笑気味に俺の方へと視線を向ける。頭に血の上ったアーヴィンは俺との関係を隠さなきゃいけないという大前提が、すっ飛んでしまっているらしかった。

「いいぜ、力ずくで奪い取ってやるからよぉ」

「ふん、やれるもんなら、やってみなさいよ！」

売り言葉に買い言葉。だが、流石にアーヴィンとシスターアンジェでは勝負が見えている。

確かに、アーヴィンは特訓を経て相当強くなってはいるが、まだシスターアンジェの化け物じみた強さには遠く及ばない。

俺が慌てて割って入ろうとしたところで、先生がパンと手を叩いた。

「じゃあ、オズくんのバディは、姫殿下とアンジェリーナさんの両方ということで」

一瞬、教室の時が止まった。

「はぁあああああっ!?　ちょ、ちょっと先生、な、何を！」

アーヴィンが、一国の姫にあるまじき大声を上げると、先生はニッコリ微笑んで、彼女にこう告げる。

「フレデリカ姫殿下が、そうするようにと仰ってましたのでー」

「そんな無茶苦茶な！」

「我慢してください、姫殿下。先生だって、ちょーっとだけおかしいなーとは思いますけれど、昇進したいし、お給金下げられたりしたくないのです」

「教育者が絶対言っちゃダメなヤツ!?」

思わず俺が口を挟むと、先生はまたニッコリと微笑んだ。

「というのは、冗談で」

「冗談には聞こえなかったよね」

ザザが、ジトっとした目を向けるも、先生はお構いなしに話を進める。

「実はですね。ここから次の昇格試験までの実習授業は、バディ単位ではなく、グループ単位になるんです」

「グループ単位?」

「三組のバディ、つまり合計六人で一グループを形成するのですけれど、オズくんたちは、あと一バディを加えて、五人構成ということにしましょう。他のグループより一人少ないですが、そこはアンジェリーナさんが二人分ということで」

すると、アーヴィンが怪訝そうに首を傾げた。

「先生、私も長くこのクラスに居ますけど、今までグループ単位の実習なんてありませんでしたよ?」

「うふふ、今年は特別なんです。今年の最下級クラスは例年に比べてレベルが高いので、試しに上級クラスと同じカリキュラムを施してみたらどうかと法務大臣閣下が仰って、女王陛下が賛同なされたそうですので」

「……お母さまには、後できっちり話をしておきます」

アーヴィンが眉間に深い皺を寄せると、シスターアンジェが先生へと問いかけた。

「まあ、なんでもいいけどよ。グループの実習って何すりゃいいんだよ？」

すると、先生は満面の笑みを浮かべて、こう言った。

「迷宮攻略《ダンジョンアタック》です」

先生の指示に従って、まずはグループ分け。

俺たちのグループは俺、アーヴィン、シスターアンジェの変則三人バディに、ザザとクロエを加えて完成。順当と言えばあまりにも順当だが、全員が対抗戦出場者である。クラスでも指折りの強豪グループと言っても良いだろう。

「なんというか……オズくんのハーレムみたいだよね」

一か所に集まる俺たちを目にしたミュシャが、何とも言えない顔をする。

授業を休んでいるクロエを含めれば、女子四人の内三人が実際に俺の奥さんな訳で、ミュシャのその一言は、正に正鵠を射ているのだが、妻ではない残りの一人――シスターアンジェは、その表現が非常にご不満だったらしく、ギロリと彼女を睨みつけた。

「ひぃっ!?」

「あ？　んだと、こら！」

一睨みで卒倒しそうになっているミュシャ。そんな彼女からシスターの注意を逸らそうとしたのだろう。ザザが、背中から俺へと抱き着いてくる。

「あはは、ミュシャったら、もう冗談ばっかり。ハーレムなんかじゃないってば、だってオズくんは、アタシの婚約者なんだから」

ザザの意図はわかるし、言っていることも間違いではないのだけれど、今ここでそれを口にするのは、油田に松明を投げ込むようなものだ。

案の定、アーヴィンの背中で、メラッと炎が揺らぐ気配がした。

それはともかく、グループは全部で四つ。

俺たちの他にめぼしいところとしては、トマスとアマンダが、イニアスとボルツの他に水属性の男子二人を加え、男子五人に紅一点の逆ハーレムっぽいグループを形成している。

可哀想なのはミュシャである。バディであるキコが教室を飛び出してしまったせいで、キコともども余り物として残りのグループに入れられていた。

グループ分けが済んだにも係わらず、俺たちのところから離れようとしないのを見ればわかると思うが、入れられたグループのメンバーと彼女は、あまり親しくはないようだ。

「ふえぇ……私も、こっちのグループがいいよぉ」

一人だけ別のグループとなってしまったミュシャが、凹みまくった顔で嘆く。

キコは、このツインテールが可愛らしい小柄な少女のことを『落ちこぼれ』と言っていたが、今となってはその表現は正しくない。

ザザとボルトン先輩との決闘以後も、彼女は俺たちとの特訓を継続していてつい先日、オリジナル魔法を完成させたばかりなのだ。

魔力そのものも、その制御も、以前のことを思えば各段に上達している。模擬戦を行えば、おそらくこのクラスの中位以上の成績を収められるはずだ。

(ミュシャについての一番の問題は、自信が無さすぎることなんだけどな……)

ミュシャだけなら是非、グループに受け入れたいところなのだけれど、バディのキコを除外するという訳にもいかない。

(暴走シスターとミュシャを入れ換えられたら、どれだけ気が楽になることか……)

やはり不安の種は、シスターアンジェである。ついさっきも「よろしくね」と声を掛けたザザを、「あ?」の一言で怯ませていた。チームワークなど期待するべくもない。

グループ分けが済んでそれぞれが自席に戻ると、そこからは『迷宮攻略《ダンジョンアタック》』に備えてのオリエンテーションである。

先生の配慮というか余計なお世話と言うか、シスターアンジェの席は俺の右隣に決まった。

ちなみに左隣はアーヴィンである。

こんなにスリリングな席は、そうはないはずだ。替わりたいという人がいれば、是非名乗り出て欲しい。本当にお願いします。

だが、予想に反して席に着いた後のシスターアンジェは、非常に大人しかった。

もしかして寝ているんじゃないかと、そっと彼女の方を盗み見ると、「見んな、殺すぞ」と、やたら低い声で威嚇してくる。そして、なぜかアーヴィンが「そうよ、見るならこっちでしょ！」と、意味の分からない発言をしながら、自分の方へと俺の首を捻じ曲げようとした。

うん、アーヴィン。そろそろ、俺たちの関係を気付かれちゃいけないという事実を思い出してほしい。

そんな俺たちをよそに、教壇に立ったアルメイダ先生が、いかにも楽しげに説明を開始する。

「それでは、『迷宮攻略《ダンジョンアタック》』についてのオリエンテーションを始めますねー」

彼女は『迷宮《ダンジョン》』と大書すると、バンと黒板を叩いた。

「皆さんも御存じの通り、王都の地下には高祖陛下がお造りになった広大な地下迷宮が広がっています」

(思いっきり初耳なんですけど!?)

思わずアーヴィンの方に目を向けると、「当然でしょ」と言わんばかりの顔をする。どうやら、これも俺が知らないだけで、皆にとっては常識らしい。

(地下迷宮《ダンジョン》って……フェリア、いったい何のためにそんなものを……)

俺が思わず眉間に皺を寄せると、俺の心を読んだわけでもないのだろうが、アルメイダ先生がこう告げた。

「このダンジョンは、大英雄オズマの陵墓として造られたものと言われております」

（……つまり、俺、明日から自分の墓を荒らしにいくんですね？）

セルフ墓荒らしとは、斬新にも程がある。

「このダンジョンの最奥には、大英雄オズマの遺体が安置されていると言われておりますが、正教経典に記されているところによると、このダンジョンは全五十階層。ちなみに、十階層より下への降り方を御存じなのは王家の方々のみ。五十階層に到ってはまだ高祖陛下以外の誰も足を踏み入れておりませんから、本当にオズマの遺体があるかどうかは誰にもわかりません」

そこで、アマンダが手を挙げる。

「もしかして、ワタクシたちで未踏破の五十階層を攻略するということですの？」

すると、先生は苦笑しながら首を振った。

「いいえ、今回皆さんに課せられた課題は第十階層、通称『鏡の間』への到達です。到達の証しとして、そこにある碑文に記された文章を正確に描き写してきて提出。それで課題は達成となります」

途端に、いくつも安堵の吐息が聞こえてきた。

確かに、それぐらいなら何とかなりそうに思える。だが、弛緩した空気を締め直すように先生がこう口にした。

「皆さん、安心するのは早いですよ。各フロアには、無数の罠と守護者《ガーディアン》が待ち受けていますからね」

「守護者《ガーディアン》？」

ザザが首を傾げると、先生はさらっととんでもないことを言い出した。

「先日、対抗戦に現れた巨大ゴーレムみたいなものですね。あそこまで巨大なものは居ませんが……」

一気にざわつく生徒たち、そんな中でシスターアンジェが、犬歯を剥き出しにして楽しげな笑みを浮かべる。

「それは、ぶっ壊していいんだよな？」

「ええ、お好きなだけどうぞ」

先生がそう口にするやいなや、シスターアンジェは俺の方へと指を突き付けてきた。

「おい、てめぇ、コラ！　どっちが多くぶっ壊せるか勝負だ！」

「いやだってば」

「なんだ、逃げんのか？　あぁん！」

「壊すのが課題じゃないだろ？」

「ちっ……つまんねぇヤツ」

シスターアンジェがプイっとそっぽを向くと、先生が苦笑しながら、再び口を開いた。

「ちなみに『迷宮攻略《ダンジョンアタック》』の期間も午前中は通常の授業を行います」

「それはつまり……迷宮内で夜を明かすことは禁止ということかしら？」

アーヴィンが問いかけると、先生は大きく頷く。

「ええ、そうです。皆さんが迷宮に侵入してから十二時間以内に帰還が確認されない場合、教員による捜索隊を派遣します。捜索隊が派遣された時点で、そのグループは落第となりますので気をつけてくださいね」

するとアマンダが怪訝そうな顔をした。

「十階層までなら、十二時間で往復できるということですの？　そんなに短時間で往復できるのなら、大した課題ではないのではありませんか？」

「良い質問ですね。十二時間以内に往復は可能です。但し最短ルートであれば」

「最短ルート？」

「つまり、迷宮探索を繰り返して最短ルートを調べながら、毎日階層深度を深めていく。この課題はそういう作業です」

「……意外とシビアだな」

思わず、そんな言葉が俺の口を突いて零れ落ちた。

勢い任せに下層へ下層へと進んでも、それが最短ルートでなければ、どこかで失格になる可能性が高いということだ。そして、地道なマッピングが必要になる以上、俺達には、この突貫シスターの存在がハンデとして圧し掛かってくる。

（頭の痛い話だな……）

「あと……即死する類の罠はありませんが、負傷することは充分有り得ます。攻略期間中は各フロアの階段傍に係員が常駐しておりますので、問題があれば救助を求めてください」

「それぐらいの安全対策はしてもらえるのね」

アーヴィンが独り言のようにそう呟くのを耳にして、俺は彼女に問いかけた。

「精霊魔法に治癒系の魔法ってあるのか？」

「ええ、風系統と土系統の魔法には癒やしの効果を付与できた筈、あとは固有魔法でそういう魔法を使える人もいるわ。たぶん各フロアに常駐する係員は、そういう人の中から選ばれるんだと思う」

「風系統か土系統……それならシスター、アンタは治癒の魔法は使えるのか？」

俺が話を振ると、シスターアンジェは面倒臭げに目を細める。

「あ？　誰に物言ってんだ、てめぇは！　こちとらシスターだぞ？　シスターといえば癒やしだろうが！」

『シスターと言えば癒やし』、その一言に、クラスメイトが一斉に彼女の方を二度見した。


「女王陛下、フレデリカ姫殿下がお戻りのようでございます」

ワタクシ——ジゼルがそう告げるのとほぼ同時に、テーブルの上で水差しが泡立ち、そこから激しく水飛沫を撒き散らしながら、全裸の姫殿下が飛び出して参りました。

「フレデリカ……もう少し登場の仕方を考えて欲しいものですわね」

飛び散った水でびしょ濡れになった女王陛下が、じとっとした目で自らの娘を見据えられます。

「うふふ……ごめんなさい。お母さまに一番近い場所を選んだのですけれど」

フレデリカ姫殿下の固有魔法「スプラッシュムーブ」は、水から水へと瞬時に移動する魔法でございます。服を着たままでも問題なく移動出来るはずなのですが、恐らく濡れるのを嫌って脱がれたのでしょう。

「それで……シスターアンジェの件、オズマさまにお願いできましたの？」

「はい、まさに今、そのお話を済ませたことをご報告に参りましたの」

「それは重畳」

女王陛下が、たかが編入生一人のことを気に掛けるのには、相応の理由がございます。

高祖フェリアの残した予言によりますと、オズマの五人目の妻が『巨乳のシスター』であることだけはわかっているからです。

アーヴィン姫殿下が二人目、ザザさまが三人目、クロエさまが四人目と実に予言通りにオズマさまは妻を娶られております。では、五人目は……と、目星を付け始めたところで、女王陛下の下に正教会から、シスターアンジェを預かって貰えないかという打診が参ったのです。

そして女王陛下は、これはもうシスターアンジェが五人目に違いないと、早速オズマさまに押し付けたと……まあ、そういうわけでございます。

『巨乳』の部分は、誤差の範囲であろうと……。

女王陛下に彼女を預けようというのは、実に思い切った処置だとは思いますが、正教会側の事情もわからなくはございません。

対抗戦のテロで数多くの神官、シスターが負傷。更には双子のシスター。その片割れは『人喰い《マンイーター》』に呑み込まれてお亡くなりになり、もう片割れは、妹の仇を討つと教会に出奔を願い出ているとのことでございます。

その上、最強戦力であるシスターアンジェを失う訳にはいかないと、そう判断されたのでしょう。

正式に彼女が五人目に確定するまでは、オズ・スピナーを名乗る少年がオズマ本人であることを隠匿する必要がございますが、女王陛下はもう決まったも同然と、本日以降の彼女の滞在先として、後宮の一室を宛がわれました。

女王陛下が、言い出したら聞かないのは今に始まったことではございませんが、メイドの立場としては、実に厄介なことになったというのが、率直な感想でございます。

「丁度良いですわ、フレデリカ。あなたも聞いておいきなさい。それで、ジゼル……マレクという殿方からは、どんなお話を聞けたのかしら？」

フレデリカ姫殿下の登場で話が逸れてしまいましたが、先般の女王陛下暗殺未遂事件、その首謀者であるマチュア独立派幹部のマレクという男を拷問して聞き出した話、ワタクシはその報告を行おうとしていたところでございました。

「はい、まずは残念なお知らせからでございますが、マチュア王家は、すでに独立派の支配下にあるようでございます」

「そうなのですね……」

女王陛下は顎に指を当て、なにやら思考を巡らせ始められます。

「あまり気は進みませんけれど、マチュア王家を廃して併合を進めねばならなくなりそうですわね……」

マチュアは属国ではございますが、それを完全に取り込んでしまうとなれば、それはかなり困難なことでございます。少なからず血も流れることになるでしょう。

「マチュア王家を廃して、あらたな傀儡政権を据えるという手もございますが、いずれにせよ問題は独立派の首魁でございます。その人物を排除できれば、独立の気運は霧消するかと……」

途端に、女王陛下は少女のように唇を尖らせられます。

「帝国最後の皇帝を僭称されておられる方でしたわよね……子孫でもなく、本人であると」

「はい……マレク自身も直接の面識はなく、存在そのものが怪しゅうございますが……」

「一度、マチュアの状況を確認する必要がありますわね……」

女王陛下は、再び顎に指を当てて黙考されます。そして、しばらく考え込まれた末に、自らの娘へと顔を向けられました。

「フレデリカ、行ってくれますか？」

「お任せください。お母さま」

「くそっ！　くそっ！　どいつもこいつも舐めやがって！」

俺──キコ・クリスナは、教室を飛び出して屋敷に帰るなりメイドに鞄を投げ渡し、親父の執務室へと足早に向かった。

苛立ちは臨界点。アカデミーに入学する以前に思い描いていたのと、今の状況は似ても似つかない。親の権力は絶大で精霊力も人並み以上、見た目だって悪くない。地方分校では神童とすら呼ばれていたこの俺様を蚊帳の外にしやがるなど、そんなこと絶対に許されて良い訳がないのだ。

（本当なら今頃、女を侍らせているのは、俺のはずだったんだ！）

そもそもケチの付き始めはオズ・スピナー、あの野郎だ。

劣等属性のくせに、近衛騎士の姉の威光を振りかざし、色目を使って姫殿下を篭絡。対抗戦で巨大ゴーレムを倒したって話も、きっとたまたまゴーレムが魔力切れか何かで停止したのを、アイツが倒したと言い張っているに違いなかった。

そして気に入らないと言えば、もう一人──シスターアンジェだ。

（卑しい身分の癖にデカい顔しやがって！　乳も無ければ、女らしさの欠片もねぇ。大人しく従ってりゃ可愛がってやったものを！　あのアマ、親父に頼んで罪をでっちあげてでも牢にぶちこんでやる！）

全裸で土下座する彼女の頭を踏みつけにする光景を思い浮かべて、俺は思わず口の端を歪める。

（まあ、泣いて詫びるなら、ペットとして飼ってやらなくもないがな）

怒りまかせに大きな足音を立てながら廊下を進むと、途中で執事が両手を広げて俺の行く手を阻んだ。

「坊ちゃま、お待ちください！　旦那さまは今、大事な御来客で……この先には誰も入れるなと仰せつかっております」

「あ？　来客？　知るか！　こっちの方が急ぎだっての！」

必死に止めようとする執事を振り払って、俺は親父の執務室の扉を開け放つ。

扉の開く音に、ビクッと振り向く親父。俺にしがみついていた執事が慌てて声を上げた。

「だ、旦那さま、申し訳ございません！　ぼ、坊ちゃまが……」

大体の経緯《いきさつ》を察したのだろう。

「はぁ……キコ、せめてノックぐらいせんか」

親父が大きく溜め息を漏らすと、その向かいのソファーに座っていた人物が、微笑を浮かべて口を開く。

「まあまあ、クリスナ卿。元気の良い殿方は好ましいと思いますわ」

その人物に、俺の目は釘付けになった。

それは、実に妖艶な雰囲気の漂う美少女である。

年の頃は、俺とほぼ同年代の十七、八。真っ直ぐに切りそろえられた前髪。ストレートロングの黒髪。赤いドレスに包まれた肢体は細身ながら出るところは出、引っ込むところは引っ込んで、実にグラマラスな印象を受ける。

法務大臣である親父の来客にしては違和感があるが、出来ることなら自分のモノにしたい。そう思えるような美少女だった。

「まあいい。どちらにしろ、お前には紹介するつもりだったからな。キコ、こちらはビューエルの有力貴族、アモット家のキャリー嬢だ」

「ビューエル？」

親父の紹介に、俺は思わず首を傾げる。

ビューエルは、マチュアを挟んでその向こう側にある国だ。

独立国ではあるが、我が神聖オズマ王国とは対等とは言えない同盟関係にある国で、俺の認識としては属国と大差がない。鉱物資源に恵まれているとは聞くが、交易も大半がマチュア経由で行われるために、印象としては滅多に名を聞くこともない、非常に地味な国という程度である。

「そんな遠い国のご令嬢が、なんでウチに居んだよ？」

「留学だ。アモット家は、ビューエル王家と繋がる名家だが、我が家とは先々代の頃から懇意にしてくださっておる。今回、キャリー嬢の留学にあたって、滞在先として我が家を頼ってくださったのだよ」

「は？　それってつまり、ウチに住むってことか？」

「そうだ。そして、アカデミー在学中はお前がこの方の面倒をみるのだ」

「は？　俺がかよ!?」

いくら美少女でも、人の世話など面倒なだけだ。少なくとも選ばれた人間である俺のやるようなことではない。だが、親父はいつになく強い口調で俺に命じた。

「お前がだ！　丁度良いではないか。お前も、今のバディはとんでもない落ちこぼれだと嘆いておったろう。キャリー嬢はお前と同じ風属性、面倒を見るついでに、彼女にバディになって貰えば良かろう」

俺は、あらためて彼女の方へと目を向ける。

細身のシルエットが美しい赤いドレス姿で、年齢に似つかわしくないほどの色気を醸し出している。確かに美しい。だが、だからと言って、精霊魔法に長けているかどうかは別の話だ。

「バディねぇ……落ちこぼれの代わりに、別の落ちこぼれじゃ笑い話にしかならねぇぞ」

すると、キャリー嬢がニッコリ笑って口を開く。

「精霊力は九四〇、固有魔法も修得しておりますが、それでもご不満でしょうか？」

「な!?」

これには、流石に驚かずにはいられなかった。

精霊力九四〇が本当なら、フレデリカ姫殿下と同等レベル。すなわち、アカデミーでも最上位クラスの精霊力である。

「……マジか」

俺は、思わずゴクリと喉を鳴らす。

「なあ、アンタ……シスターアンジェとやり合って勝てると思うか？」

「シスターアンジェ？　ああ正教会のシスターでございますわね。噂に聞いたことがございますが……おそらく、雑作もございません」

嫣然と微笑む彼女の姿に、俺は心の中で快哉を上げた。

やっと、俺にも運が向いてきた。そう思った。話半分としても、ミュシャ《落ちこぼれ》よりは全然使える。

（とりあえず模擬戦で、俺の前にこの女をあのクソシスターにぶつけるか？　たとえ倒せなくとも疲弊させることぐらいはできるだろ）

この女の使い道を思案し始めた俺を、親父が手招きした。耳を近づけると、親父は俺の耳元でこう囁く。

「この小娘はビューエルの王位継承権第六位、そしてワシはアモット家とともに、この娘を王位につける算段をつけておる、もちろんお前のためにだ。うまくやれ」

俺は、思わず目を丸くする。

つまり、この女を篭絡してモノにすれば、将来はビューエルの王配の地位が確約されるということだ。この国でどれだけ出世しようとも、王家を上回ることは有り得ない。ならば、遠く離れた国とはいえ、一国の支配者になりうるという話は悪くなかった。

（こんな良い女をモノにして、精霊力と権力がおまけについてくるってか？　くくっ……笑

いがとまらねぇな)

俺は、とびっきりの笑顔を彼女へと向ける。

「よし！　キャリー嬢、アカデミー在学中のことは全部俺にまかせろ！」

夕刻、オズマさまとザザさま、それとは別にアーヴィン姫殿下が王城にお戻りになってしばらく経った頃、フレデリカ姫殿下が、シスターアンジェを伴われてお戻りになりました。

「ちっ……掴みどころのねぇ女、ムカつくぜ」

「うふふ、誉め言葉として受け取っておきます」

ワタクシ——ジゼルが出迎えに参ると、お二人が丁度モトのキャビンから降りられるところでございました。

どんなやり取りがあったのかはわかりませんが、降り立ったシスターアンジェは、うんざりした表情。一方のフレデリカ姫殿下は、いつもどおりにこやかでいらっしゃいます。

やはり、腹芸の勝負となると王族相手に一介のシスターでは、太刀打ちできないといったところでございましょうか。

恐らくシスターアンジェは、姫殿下の掌《てのひら》の上で思うように転がされたのでしょう。

「お帰りなさいませ」

　ワタクシが腰を折ると、フレデリカ姫殿下がニコリと微笑まれました。

「ご苦労さまです、ジゼル。シスターアンジェをお部屋にご案内して差し上げて。私はお母さまのところへ参りますので」

「……女王陛下のところは今、少し修羅場かもしれません。アーヴィン姫殿下が、物凄い形相で突貫しておられましたので」

「あらあら……それでは、私もお母さまと一緒に、アーちゃんに叱られに参りましょうか」

　クスクスと笑いながら姫殿下はワタクシに背を向けて、女王陛下の居室の方へと歩み始められます。

「……変な女」

「姫さま方の中では、女王陛下に一番良く似ておられますので」

　ワタクシが呟きを拾ってそう応じると、女王陛下を揶揄する形になったことに気がひけたのか、シスターアンジェは、少しバツの悪そうな顔をなされました。

　こういうところを拝見する限り、相応に常識的な方のようにも見受けられます。

「ようこそシスター、それではこちらへ」

「お、おう」

　ワタクシは先に立って、シスターアンジェをご案内いたします。

　物珍しげにキョロキョロと周囲を見回しながら後をついてこられる彼女に、ワタクシはこれからご案内する場所がどういう場所であるかを、少しお話しすることにいたしました。

「シスターは、高祖陛下の『大英雄オズマ復活の予言』は御存じでしょうか？」

「あ？　お前、アタシを馬鹿にしてんのか？　知ってるに決まってんだろ。何年シスターやってると思ってんだ、ブス。正教経典にもちゃんと書いてあらぁ。それどころか、この間立ち昇った火柱で、オズマさまが復活されたんじゃないかって、教会中大騒ぎになってるっての」

「なるほどでございますね。クレア司教さまからの再三のオズさまへの面談希望然り、その真偽を確認するために、正教会は一時的にでもシスターのアカデミー移籍を受け入れられたと……そういうことでございますか」

ワタクシのその一言に、背後で殺気が膨れ上がります。

(まったく……この程度で心を乱すようでは、最強のシスターと言えど、未熟な小娘としか言いようがございませんね)

「……口に気をつけな、端女《はしため》。好奇心は猫を殺すっていうぜ」

「左様でございますか。残念ながらワタクシは、ベッドの上では、ネコよりもタチの方でございますので、あしからず」

「は？」

意味がわからなかったのでしょう。シスターは眉間に皺を寄せながら、首を傾げられました。

「正教会にどのようにお知らせいただいても問題ございませんが、残念ながらオズマさま復活の事実はございません」

「……どうだかな」

ワタクシは、廊下の突き当たりの扉を押し開けます。

「ですが……王家でも例の火柱の一件を軽視しておるわけではございません。大英雄の復活は近いものと、女王陛下は周到に準備を進めておられます。これからご案内する場所は、正にその一環。大英雄オズマさまが復活を果たされた際に、お使いいただく後宮《ハレム》でございます」

扉の向こうは、四棟の建物に囲まれた中庭。そこに足を踏み入れたシスターは、周囲の建物を見回しながら呆然と呟かれました。

「こ、これが、オズマさまの後宮《ハレム》……」

「ええ、約八十部屋ございます。オズマさまが復活なさられれば、その全てがオズマさまの伴侶となる方々で埋まる予定でございますが、今現在、ここで起居されているのは七名の方、北棟には近衛騎士第二席のシャーリーさま、オズさまの御姉弟。東棟にはアーヴィン姫殿下とその侍女であるザザさま、南棟にはフレデリカ姫殿下、西棟にはマール姫殿下。いずれもオズマさまの伴侶として捧げられる予定の皆さまでございます」

「ちょ、ちょ、ちょっと待て！」

「ああ、そうでございました。あと御一方、近日中にご入居される可能性がございます」

「待てって言ってんだろ！　なんであのクソ野郎まで混じってるんだよ！」

「クソ野郎？　ああ、オズさまのことでございますか。これはおかしなことを仰います。シスターともあろうお方が、どうしておわかりにならないのでしょう？　オズマさまは古今無双の性豪、その前には男女の性差など無きが如しでございます」

「そ、それって、つまり……」

ワタクシが頷くと、シスターの喉がゴクリと音を立てました。

「左様でございます。現在はオズマさま復活に備えて、あえてどこをとは申しませんが、伝説にも語られるほどのオズマさまのごん太《ぶと》を受け入れられるように、日夜拡張に励まれておられるという次第でございます」

「な、な、なるほど……道理で女みたいな顔してると思ったぜ」

「オズさまの学園生活に支障をきたしかねませんので、今のお話は、ここだけのお話にしてくださいませ」

「あ、ああ……わかった。しかし、そいつはアタシも度肝抜かれちまったぜ」

彼女は、手の甲で顎を伝った汗を拭うような仕草をなされました。

(これで、オズマさまがこの後宮《ハレム》に出入りしているのを見られても不思議ではなくなりました。我ながら非常に冴えた受け答えでございます)

「シスターもオズマさま復活の暁には、伴侶として身を捧げるお覚悟はおありなのですよね?」

「え?」

ワタクシの問いかけに、シスターは一瞬きょとんとした顔をなさいます。

瞬時に、彼女は耳の先まで真っ赤に染めて、あたふたと口を開きました。

「と、と、当然だ！　シスターは出家した段階でオズマさまに嫁いだことになっているわけだからな！」

「安心いたしました。今日以降お住まいいただくのは、このオズマさまの後宮《ハレム》の一室。アーヴィン姫殿下やフレデリカ姫殿下のお近くでは気が休まらないかと思いましたので、西棟にお部屋をご用意させていただいております」

「そ、そうか……う、うん、それは助かる」

「はい、滞在されている内に、オズマさまが復活なさられれば、そのまま寵姫として可愛がっていただくことも出来ましょう」

「ひっ!?　あ、いや、そ、そうだな、そ、それは喜ばしいな」

オズマさまの後宮《ハレム》と聞いて以降、彼女から殺気が消え去って、その代わりにガチガチに緊張した雰囲気が漂って参ります。

（シスターは生涯処女を守ると聞きますし、ネコとタチの意味もわからないということであれば……性的な方面は随分未熟なようでございますね。これはちょっと楽しくなって参りました）

「それでは、どうぞこちらへ」

「う……うん」

ワタクシは、すっかり大人しくなってしまったシスターを西棟へとご案内いたします。

そして、ワタクシたちが西棟の吹き抜けのロビーに足を踏み入れた途端、頭上から幼い女の子の声が降って参りました。

「あはは っ！　ねぇねぇ、ジゼルぅ、誰？　そのお姉ちゃん？」

見上げれば、黄土色の短い髪が特徴的な幼女の姿。三階の手摺りの間から、マール姫殿下がこちらを覗き込んでおられます。

「姫殿下、降りてきてくださいませ。ご紹介いたしますので」

「うん、わかったー！」

姫殿下は頷かれると、そのまま手摺りを乗り越えて宙に身を躍らされました。

「え!?　ちょ、ちょっと待て！」

慌てるシスターに構うことなく、姫殿下は宙で二回転してあっさりと着地、「あはは！」と無邪気な笑顔を向けてこられます。

目を丸くするシスターとは裏腹に、姫殿下は興味津々と言ったご様子。取り急ぎワタクシはシスターに姫殿下をご紹介することにいたしました。

「こちらは、マール姫殿下であらせられます。ちょっぴりおつむがアレでございますが、すばしっこくて、非常に頑丈でいらっしゃいます」

「紹介に姫の要素が欠片もねぇ!?」

「仕方がございません。実際、あまり姫らしくないお方でございますので」

「あははは！　そうかも。それで……ねぇねぇ、ジゼル！　このお姉ちゃん、誰なの？」

「こちらはシスターアンジェ、正教会のシスターでいらっしゃいます。しばらくは、こちらでお過ごしになることになっております」

ワタクシがそう告げると、姫殿下は嬉々としてシスターの腰にしがみつかれました。

「やったー！　お姉ちゃん、よろしくー！」

「お、おお……よ、よろしくな」

お怒りになるかと思ったのですが、意外にもシスターアンジェは、ちょっと嬉しそうでございます。そんなワタクシの視線に気付いたのか、シスターはぶっきら棒にこう仰いました。

「こ……子供は嫌いじゃねぇんだよ」

「性的な意味で？」

「なんでだよ!?」

ふむ……どうやらワタクシの常識とシスターの常識は異なるようでございますね。


「ん、あっ……んんっ……」

深夜の寝室に、押し殺したような女の嬌声が響いた。

騎乗位で突き上げれば、ジゼルのたわわな乳房が大きく弾み、俺の眼が釘付けになる。

とはいえ、彼女は俺の妻ではない。だが、浮気でもない。というか、セックスですらなかった。

これは、俺の体内で精製される媚薬を除去するための処置。要は治療行為だ。

「あ、あんっ……もう少し、処置する頻度を増やした方が良いかもしれませ……んんっ、んね」

「ああ、前回処置してから、一ヶ月ももたなくなってきたしな」

今回クロエを妻に迎え入れるに当たって、媚薬のお陰で助かりはしたが、放置して愛する妻たちを媚薬中毒の危険に晒す訳にはいかない。

本来であれば、昨晩ベッドを共にする予定だったのはザザ、今晩はアーヴィン、そのはずだったのだが、クロエの登場で大幅に予定が狂ってしまった。

「順番通りなら、明日はザザを抱くべきなんだろうけど……アーヴィンの機嫌がなぁ」

ぺったん、ぺったんと音を立てて身を上下させながら、ジゼルが応じる。

「ん、あんっ、あ、あん……姫殿下は、ザザさまの順番に強引に割り込んだ末に媚薬の洗礼を浴びた訳でございますから、自業自得なのでは？」

「いや、理屈はそうなんだけど……まあ、いいや。で、クロエは？」

「午後にご自宅へとお帰りになり……んあっ！　ました」

「そうなのか？」

俺が突き上げる腰を止めると、ジゼルは息を乱しながら頷く。

「はぁ、はぁ……はい、ザザさまとは異なり、婚約に伴う行儀見習いというような大義名分もございませんし……もうしばらくは、バディのザザさまを訪ねるという名目でお通いいただく形になっております」

「まあ、そうか……」

「はい、特に今はシスターアンジェも滞在されておりますので……」

そう言いながら、ジゼルは円を描くように腰を動かして、質の違う刺激を与えてくる。

「シスターアンジェか……」

「んっ……はぁ……ご心配には及びません。大人しいものでございます」

「大人しい？　あれが？」

「ええ、マール姫殿下があのお方に甚《いた》く懐かれまして……あんっ、シスターも満更でもないご様子で、んっ、あんっ……あ、あっ、ワタクシが先程ご様子を窺ったときには、んっ、お二人で一緒にお休みでいらっしゃいました」

「ふーん……そうなんだ」

マール姫がうっかり俺がオズマであることを口走るんじゃないかと気が気ではないが、シスターが子供に優しいというのは、さほど違和感のあることではない。

「そんなことよりオズマさま、お喋りはこれぐらいにしておかないと、いつまで経っても処置が終わりません。それにあまり焦らされると、ワタクシの女の部分が我慢できなくなってしまいます」

ジゼルはそう言いながら自らの唇を舌で舐めると、激しく腰を動かし始めた。

第四章　迷宮攻略《ダンジョンアタック》と新たな編入生

『迷宮攻略《ダンジョンアタック》』の詳細が開示された翌朝のこと。

特別授業期間がスタートしたとはいえ、午前中はこれまでと変わらず座学である。

現時点では、どのグループもまだ迷宮へ降りる予定はないらしく、教室に掲示された探索予定表も空欄のままだった。

隣の様子をちらりと窺うと不遜な態度は相変わらずだが、シスターアンジェは一応、大人しく席に着いている。反対側に腰を下ろしているアーヴィンのご機嫌は斜めなまま。二人の間に挟まれる俺の胃の耐久性が試されていた。

ガラリと教室の扉が開いて、アルメイダ先生が入ってくる。

教壇に立った彼女は、彼女自身どこか納得の言っていないような口ぶりでこう告げた。

「えー……二日続けてというのは、あまりないことなんですけれど……今日も新たに編入生を紹介します」

途端に、ざわつく教室。

(また、正教会から生徒を受け入れるってことか？)

思わずシスターアンジェの方へ顔を向けると、こっちを見んなとばかりに思いっきり睨まれた。

「キャリーさん、キャリー・アモットさん、こちらに来て自己紹介を」

先生の呼びかけに応じて、廊下から一人の少女が教室へと足を踏み入れる。

前髪の切りそろえられた艶やかな黒髪。肌は驚くほどに白く、スタイルは抜群。どこか妖艶な雰囲気を湛《たた》えた美少女である。

「皆さま、ごきげんよう。キャリー・アモットと申します」

嫣然と微笑む彼女の姿に、一部の男子が溜め息めいた声を漏らす。いつも通りトマスは無反応ではあったが、奪われまいとするかのようにアマンダが彼の腕にしがみつき、編入生に敵意剥き出しの目を向けた。

そんな教室内の反応に、アルメイダ先生が苦笑気味に言葉を紡ぐ。

「アモットさんはビューエル出身で風属性。成績は優秀で、既に上位精霊との契約も済ませているとのことです」

「へぇ……」

俺の隣で暴走シスターが新たな獲物を見つけたと言わんばかりに、犬歯を剥き出しにして口元を歪めた。

「えーっと、それでですね。彼女のバディは……」

「ひゃははは！　この俺様だ！」

キコが席を蹴って立ち上がり、先生の言葉を遮って声を上げると、俺の左右でアーヴィンが肩を竦め、シスターアンジェが呆れ切ったかのような顔をした。

「ほんと、懲りないわね」

「もしかして、バカなのか？　いや、バカなんだな」

——ところがである。

「そうですね。アモットさんのバディは、キコくんということで」

アルメイダ先生が、さらりとそう口にしたのだ。

思わず目を丸くする俺たち。その中で、ザザが慌てて声を荒げる。

「ちょ、ちょっと待って！　先生！　キコのバディはミュシャじゃないの！」

するとアルメイダ先生より先に、キコが勝ち誇ったような顔をして口を開いた。

「この女の世話は、俺の親父がアモット家から直々に依頼されてんだ、バーカ。俺のバディになるのは当たり前だっての」

そして、キコは席を立つと編入生へと歩み寄り、その肩を抱きよせる。

「そもそも、そこの万年最下位クラスの落ちこぼれ女じゃ、この俺様のバディとしちゃ不足だったんだっての！」

「ア、アンタねぇ！」

「ザザ、落ち着いて」

いきり立つザザの肩をクロエが押さえつけた。水触手《ウォーターテンタクル》で。

魔法が上達したのは良いことだけれど、触手の日常遣いは、流石にどうかと思う。

「うーん……キコくんの言い方は、もうちょっと考えた方がいいとは思いますけれど、一応アモットさんのバディはキコくんということで法務大臣閣下直々に指名が来てますし、女王陛下もご承認ということですので、先生にはどうにもできませーん」

先生が役立たずなのは今に始まったことではないが、キコに抱き寄せられた編入生も、イヤそうな顔をするどころか、むしろ媚びるかのように彼へとしな垂れかかっていた。

意外と正義感の強いアマンダが、そんな編入生を咎める。

「アナタ！　人のバディを奪うなんて浅ましいですわよ！」

「そうは仰いますけれど、私が意図したことではございませんの。まあ、殿方を惹きつけてしまうのは、仕方のないことですわ。私、あなたよりずっと美しいので」

臆面もなくそう言い返す編入生に、アマンダは呆気に取られたような顔をしたかと思うと、顔を真っ赤にしてギリリと奥歯を鳴らした。

「下手《したて》に出ていれば、いい気になって……！」

下手《したて》に出ていたかどうかはともかく、そんなアマンダのキレ顔を指さして、キコが笑い転げる。

「ひゃはははは！　ちげぇねぇ！」

「お黙り！」

「アマンダ、落ち着いて」

今にも暴発しそうなアマンダを、クロエがまた水触手《ウォーターテンタクル》で押さえつけた。ちなみに、彼女のバディであるトマスは例によって我関せずである。

（だから、触手の日常遣いはやめなさいってば……）

俺がちらりとアーヴィンに視線を向けると、彼女は溜め息交じりに吐き捨てた。

「お母さまもいちいち一介の生徒のことなんて気にしてらんないわよ。たぶん、好きにしろとかそんな風に言ったんだと思うわ」

キコと編入生がバディを組もうが、正直俺にとってはどうでも良いことだ。

だが問題は、ミュシャである。

俯いたまま、机の天板をじっと見つめている彼女の姿はとても痛々しい。

流石に、これは放っておけない。

「先生！　じゃあ、ミュシャは俺たちのグループに貰います。元々一人少ないし……」

俺がそう声を上げると、意外な人物が言葉を継いだ。

「そのミュシャってのが、アタシのバディってことでいいぜ。そっちのバカな野郎に比べりゃ、なんぼかマシだろ」

シスターアンジェが面倒臭げにそう告げると、ミュシャが驚くように顔を上げる。

一方、キコが悔しげな顔をした。

昨日、彼女に袖にされたキコからしてみれば、ミュシャよりも劣っていると言われたに等しい。プライドの高いキコにしてみれば、耐えがたい屈辱だったのだろう。

それでも彼が怒鳴り声を呑み込んだのは、昨日で少し懲りたのかもしれない。

だが、意外にも、キコの代わりに留学生が口を開いた。

「ああ、この方が噂のシスターでいらっしゃいますか。猛々しい方だと、お噂はかねがね聞き及んでおりますが、本当に殿方のようですわね、お胸も」

「てめぇえええ！」

止める間もなく、いきなりシスターアンジェが雷撃を放つ。顔を引き攣らせるキコ、だが、留学生は、顔色一つ変えることなく宙に手を翳すと、彼女に届く前に稲妻が雲散霧消した。

「なっ⁉」

「うそっ！」

呆気に取られたような空気の中で、留学生が嫣然と微笑む。

「失礼、先程は言葉足らずでございました。私、美しいと申しましたけれど、それ以上に強いので」

途端に、シスターの口から噛み殺すような笑い声が洩れ落ちた。

「は、ははっ……上等だ。ぶっ殺してやる！」

騒然とする教室。思わず席から腰を浮かしかける生徒たち。そんな不穏な空気をモノともせずにアルメイダ先生がパンと大きく手を叩いた。

「はい、そこまで！　アンジェリーナさん、言うことを聞いてもらえないと模擬戦を中止にしちゃいますよ？」

「あん？　おい先公、そんなのでアタシを大人しくさせようったって……」

先生は威嚇するシスターの傍へと歩み寄り、なにやら耳元で語り掛ける。すると、シスターは「チッ」と舌打ちしたかと思うと、不貞腐れるような顔をしてドサッと椅子に座り込んだ。

「それじゃあ、ミュシャさんは、アンジェリーナさんの隣に席を移ってくださいね。アモットさんはキコくんの隣で」

言われるがままに、ミュシャがシスターアンジェの隣へと席を移し、編入生がキコの隣の席に腰を下ろす。流石にシスターアンジェの隣は緊張するのだろう。ミュシャの表情には、若干の怯えが見てとれる。だが、わずかに安堵の色も混じっていた。

「ありがとうな」

俺がシスターアンジェにこっそりそう囁くと、彼女は心底イヤそうに「あ？」と頬を引き攣らせる。どうやら別に俺に協力して、ミュシャをバディに迎えてくれた訳ではないらしかった。


その日の午後、俺たちはアルメイダ先生の後について学舎の最奥、立ち入り禁止区域に早速、足を踏み入れていた。

「今日、迷宮に降りるのは、アナタたちのグループだけですけれど、本当に良いの？」

「『慎重に』って言ったとして、あのシスターが言うこと聞いてくれると思います？」

先生は、少し考えるような素振りを見せた。

「……思えませんね」

他のグループは、連携の強化や情報収集に更に数日を費やした上で、迷宮攻略《ダンジョンアタック》をスタートさせるらしい。先生曰く、それが普通なのだと。

だが、シスターアンジェは「そんな、まどろっこしいことやってられっか！」と言い張り、それに突っかかったアーヴィンは、シスターに「怖いんだろ？」と煽られて、「やってやろうじゃないの！」と、見事なまでにミイラ獲りがミイラになった。

俺とザザ、クロエ、そして新たに加わったミュシャの四人は、引き攣った顔を見合わせることしか出来ず、結局、迷宮を見学に行くだけ、これは下調べだと自分に言い聞かせて現在に到っている。

「繰り返すようだけど、今日のところはあくまで様子見だからな。第一階層のエントランス近辺を探索して、二、三度戦闘を経験できれば良しとしてくれよ」

俺が、そう念押しすると、「へいへい、わーった、わーった」と、シスターは小煩《こうるさ》げに手をヒラヒラさせる。

（……絶対わかってないな、コイツ）

厳重に閉じられた扉を一つ、また一つと通り抜け、四つ目の扉を通過したところで、アルメイダ先生が俺たちの方を振り返った。

「あれが迷宮《ダンジョン》の入口です」

彼女が指さす先に目を向けると、実に立派な白亜の門が鎮座している。そして、門の向こうには、大きな階段が地下へと続いていた。

「それでは、皆さん。今日はまだ初日ですから、くれぐれも無理しないでください。いいですね」「しつこいな、わーってるっての」

シスターアンジェはさっさと階段を下り始め、俺たちは先生に軽く会釈をして、慌ただしく彼女の後を追った。

門をくぐったその向こうには、幅数メートルにも及ぶ大階段が、地下へと真っ直ぐに伸びている。フェリアが造ったというのが本当なら、この大階段も二百年以上前の物なのだろうが、きちんと整備されていて実に立派なものだ。

俺たち六人の階段を下りる足音が、壁に反響して響き渡る。

「ねぇ、オズ」

階段を下りる途中でアーヴィンが突然、俺の制服の袖口を引っ張った。

「どうした？」

「この迷宮には、守護者《ガーディアン》というのがいるみたいなんだけど……」

「ああ、先生もそう言ってたな」

「フレデリカ姉さんは迷宮攻略《ダンジョンアタック》の経験者だから、昼休みに色々聞いてみたんだけど、その守護者《ガーディアン》というのは古代語魔法で創り出された疑似生命体らしいのよね」

「は？」

それはまた、随分おかしな話だ。はっきり言って矛盾している。

先生はこの迷宮を造ったのはフェリアだと言っていた。だが、フェリアには古代語魔法を学ぶ機会なんて無かったはずなのだ。現に、この時代には古代語魔法は完全に失われてしまっている。

「それで……階層を下れば下るほど守護者《ガーディアン》はどんどん強くなっていくらしいの。あの姉さんが手こずったって言うんだから、相当なものよ」

「うん」

そしてアーヴィンは前を行くシスターの背を見据え、真剣な顔でこう言った。

「だから……いざとなったら、あのバカシスターを囮にして逃げましょう」

「ちょっと待って!?」

もはや、連携とかチームワーク以前の問題である。思わずザザやクロエの方へ、救いを求めるような目を向けると、クロエがうふふと笑ってこう言った。

「食べた守護者《ガーディアン》がお腹を壊しそうですし、毒の代わりに使えて一石二鳥ですね」

「クロエェ!?」

すると、ザザが小さく首を振る。

「クロエ……それは流石に不憫じゃない？」

（良かった。ザザはまともだ）

「……守護者《ガーディアン》が」

「違った!?　餌にする気満々だ！」

「それは困るってば……一応、私のバディなんだから」

ミュシャが控えめに抗議するも、声が小さすぎて誰にも聞こえていない。

あらためて様子を窺うと、アーヴィンはまるで汚物を見るような目で、クロエは憐れむような目で、そしてザザは呆れ果てたと言わんばかりの目で、それぞれに随分前を歩いているシスターの背を眺めていた。

(チームワークって何だっけ……)

確かにシスターアンジェには大いに問題があるのだけれど、こうやって女の子の怖いところをまざまざと見せつけられると、男の身としてはドン引きするしかない。

バディとして受け入れてくれたシスターに恩義めいたものを感じているらしいミュシャが唯一の例外だが、彼女一人でどうこうできるものではないだろう。

(これ……どうにか間に入って上手く取り繕わないと……)

俺は、思わず頭を抱える。

石造りの階段を降りきってしまうと、一気に周囲の雰囲気が変わった。

光源の何もない暗闇。俺とアーヴィンが、それぞれ掌の上に火球を引っ張り出すと、正面には、王都の大通り程もある巨大な通路が浮かび上がる。

通路には一定間隔で左右へと続く細い横道が伸びていて、それが暗闇の中にうっすらと見えた。

「広すぎるでしょ、これ……」

ザザの呆れるような、そんな呟きが聞こえた。

あらためて周囲の状況を確認すると、壁面は方形に固めた土をモザイク状に積み上げたもの。手をつけば、荒い土のザラリとした感触があった。

空気は淀んで生暖かく、風が抜ける様子がないということは、背後の階段の他に地上と繋がっている場所が無いことを示している。

さっさと奥へと歩き始めようとするシスターアンジェ。俺は彼女の肩を掴んだ。

「勝手に先に行かないでくれ！　もっと慎重に進めないと……」

途端に、彼女は不愉快げに片眉を跳ね上げて、俺の手を払いのける。

「触んな、ボケ！　アタシだってこの迷宮についての知識ぐらい持ってるっての！　シスター舐めんな！　一階層で気をつけなきゃならねぇのは、巨大ナメクジ《ジャイアントスラッグ》だろ？　突然、上から落ちてくるらしいからな」

彼女がそう口にした途端――

「んがっ⁉」

ドスンと鈍い音がして、俺の背後でアーヴィンが短い悲鳴を上げた。

慌てて目を向ければ、なにかウネウネしたものが、彼女の上に圧《の》し掛かっている。

もはや言うまでも無いことだが、それは巨大ナメクジ《ジャイアントスラッグ》であった。

「うわぁあああ！　アーヴィンっ!?」

慌てて、彼女の上でウネウネしている粘液塗れの物体を蹴り飛ばすと、それは壁にぶつかって、ゴム風船のようにパシャンと水分を散らす。

「だ、大丈夫か！　アーヴィ……ひぃぃっ!?」

地面に横たわるアーヴィンは、白濁した粘液塗れでぐちゃぐちゃ。乱れた黒髪が顔に張り付いて、訳の分からない毛玉みたいになっていた。

迷宮に入ってわずか数分。まさかの、粘液姫殿下の誕生である。

「あ、あの……ア……アーヴィン？」

「ううっ……オズ、もう駄目。きっと毒に侵されてしまったに違いないわ」

弱々しくそう告げるアーヴィンに、シスターアンジェが呆れ口調でこう言った。

「アホか。毒なんか持ってねーっての。巨大ナメクジ《ジャイアントスラッグ》の粘液は、ただ気持ち悪いだけだってよ」

「そう……なの？」

「ああ」

きょとんとした表情のアーヴィンに、シスターが肩を竦めてみせる。すると、アーヴィンはギギギと錆びた歯車みたいな動きで俺の方へ顔を向けると、そのままボロボロと泣きだした。

「ふぇぇ……オズぅうう！」

わかる。流石にこんな目に遭えば、泣きたくなるのはわかる。年頃の女の子にとって粘液塗れは、あまりにも過酷過ぎる。

だが、彼女が悲しみのままに、俺の方へと抱きつこうとしたその瞬間、俺は反射的に飛び退いてしまった。

「え……？」

思わず距離を取った俺と、彼女との間に壮絶な沈黙が舞い降りる。

後にも先にも、これほど気まずい沈黙を味わったことはなかった。

「……オズ？」

「ち、違うんだ……ア、アーヴィン」

彼女の顔から、完全に表情が消える。

この瞬間の空気が想像できるだろうか？

他の女の子たちは、アーヴィンと目を合わさないように一斉に俯いた。

あのシスターですら……である。

たじたじと後退りながら俺は考える。

そして、この状況で何を言えばいいのかと逡巡した末に、俺は――

「み、水も滴るイイ女なんて言葉もあるしな……はは……は」

――笑ってごまかすことにした。

俺のわざとらしい笑い声が、空疎に迷宮の中に響き渡る。

だが、次の瞬間、愛する我が妻（粘液塗れ）は、ぷるぷると肩を震わせてボソリと呟いた。

「……粘液」

「は？」

「水じゃない……粘液」

「あ……ハイ」

そして、再び息遣いまではっきりと聞き取れるほどの壮絶な沈黙。

（あ……終わったわ、コレ）

つかつかと歩み寄って来たアーヴィンが、光の消え失せた目を見開きながら、俺の顔を下から抉るような角度で覗き込んできた。

「オズ……」

「は、はい……」

「水も滴るいい女？」

「あ……うん、いい女だと……思う、思います、はい」

今この状態では、そうとしか答えようがない。

俺は思わず目を逸らした。だが、それが命取りだった。

「目を……逸らしたわね？　そんなに私が見るに堪えないのかしら？」

「い、いえ、け、決してそんな訳では……」

次の瞬間、我が愛しの粘液妻が絶叫した。

「なら、大サービスよ！　感謝しなさい！　アナタも粘液も滴るイイ男にしてあげるからッ！」

「ちょま!?　待って、アーヴィン！」

そのまま彼女が飛び掛かってきて、俺はあわあわと後ずさる。

ドンと背中が壁にぶつかったその瞬間、実に運の悪いことに罠《トラップ》が発動した。

背後の壁がガタンと開いて、そこに傾斜角五十度を超える下り坂が出現したのだ。

「えっ!?　うわああああああああああ！」

「きゃああああああ!?」

俺はそのまま後ろへと倒れ込み、突っ込んで来たアーヴィンと絡まる様に背後に開いた急角度の傾斜を転げ落ちた。

「オズくん!?」

「姫殿下!?」

「え？　ど、ど、どうしよう！」

「ちっ！　間抜けが！」

ザザとクロエ、そしてミュシャの慌てふためく声とシスターの舌打ちする音。遠ざかるそれを聞きながら、俺とアーヴィンは暗闇の中を転げ落ちていく。

光一つ無い暗闇の中へと落ちて行く恐怖。狭い縦穴にアーヴィンの悲鳴が反響し、落ち始めた時点で精神の乱れとともに、照明代わりの火球は消え失せている。

傾斜を滑り落ちる内に上下の感覚は失われ、地面に叩きつけられるその瞬間が脳裏を過《よぎ》って、思わず身体が強張《こわば》った。

やがて、宙に投げ出される感覚を覚えたのとほぼ同時に、背中に僅かな抵抗を感じる。次の瞬間、バシャン！　と、暗闇の中に大きな水音が響き渡った。

「プハッ!?　な、なんだ!?　水!?」

「ひ、ひ、ひっ……た、助け……!?」

俺が慌てて立ち上がると、混乱しきったアーヴィンが、水と一緒に喉の奥から声にならない声を吐き出して、必死に俺の身体へとしがみついた。

「アーヴィン！　落ち着いて！　ここ、足が着くから！」

「……へ？」

彼女の間の抜けた声が、暗闇の中に響く。光一つない闇の中ゆえに、はっきりと状況はわからないが、どうやら俺たちは水の中へと落ちたらしかった。

感触でしか判断できないが、水があるのは恐らく腰の辺りまで。

耳元には彼女の荒れた呼吸音。身体の正面に柔らかな感触。服越しに人の体温。どうやら彼女は両手両足で、正面から子猿のように、俺にしがみついているらしかった。

一国の姫としては、暗くて良かったねとしか言いようのない、実にはしたないお姿である。

「……大丈夫？」

「う、うん……な、なんとか」

手探りでアーヴィンを横抱きにかかえ、俺は水の中から石のフロアへと這い上がった。

彼女をフロアに下ろすと、密着していた体温が離れていく感覚。急にひんやりとした肌寒さに襲われて、俺は思わずぶるりと身体を震わせる。

「あーあ、もう……びしょびしょ。なんで私がこんな目に……」

彼女の愚痴めいた声を聴きながら、俺はあらためて掌の上に火球を引っ張り出した。

「ぶほっ⁉」

ぼんやりとした灯りの向こうにアーヴィンの姿が浮かび上がったその瞬間、俺は口元を押さえて即座に目を伏せる。

面白すぎたからだ。

落下する過程で風圧に逆立った彼女の髪が粘液で固められて、人参の葉の如くに上へと伸びている。ウチの奥さんが縦長過ぎた。

（ダメだ……笑ったら、たぶん火球が飛んでくる）

俺は必死に笑いを堪えながら、灯りを掲げて周囲を見回す。

個室のような空間。それほど大きくはない。

四方を取り囲んでいるのは、第一階層とは違って磨き上げられた大理石の壁。向かって右側の壁に扉の無いアーチ状の出口があって、更にその向こう側には通路が見えていた。

背後を振り返ると、俺たちが転げ落ちてきた傾斜が天井の方へと伸びている。その真下に目を向ければ、そこにはまるで浴槽のような、並々と水を湛《たた》えた大きな窪みがあった。

傾斜を滑り落ちてきた者が、そこに落ちる構造になっているのを見る限り、殺傷するための罠ではなさそうだ。

(どれぐらい墜ちてきたんだろう？　二階層分ぐらいか……だとすれば、これってもしかして罠じゃなくて、最短コースなんじゃないか？)

一階層から二階層目をすっ飛ばして三階層。迷宮に入ってすぐの場所に、何のヒントも無く最短コースが隠されていたのだとしたら、この迷宮《ダンジョン》の設計者は相当意地が悪い。

(フェリアがこの迷宮を造ったってのは本当なんだろうか？　転生してから聞く彼女についての話は、俺の知ってるあの子とは全然噛み合わないんだよなぁ……)

もちろん、俺が知っているフェリアは、十歳やそこらでしかない。それ以降、どんな風に成長したかなんて知る由もないのだけれど。

とりあえず、室内に危険はなさそうだ。俺は、壁面に開いた出口の方へと歩み寄り、そこからそっと顔を覗かせて、左右の様子を窺った。

左右に続く通路は、人が二人並んで歩ける程度の広さ。見回してみても、灯りが届く範囲には何も見当たらなかった。

続いて俺は、水を湛えた窪みの方へと歩み寄り、そこに足を踏み入れ、傾斜の真下へと歩み寄って、上の方を覗き込む。

いくら炎を高く掲げても、上の方まで光が届くことはないし、暗闇の先に微かにも灯りが見えるなどということもなかった。

(これは……上層階への階段を探すしかなさそうだな)

落ちてきたルートをアーヴィンの『噴　射《アフターバーナー》』で逆戻り出来ないかとも思ったのだが、どうやら壁の穴は、既に固く閉ざされているらしい。登ったところで、その先の壁が開かなければ脱出は不可能だ。

　とりあえずの安全を確認し終えて、俺はアーヴィンの方を振り返る。

「大丈夫だった？　怪我は無いか？」

「ええ……肘を少し擦りむいちゃったけど、それぐらいよ」

「そうか……とりあえずは地上に戻るルートを探さないとだな……。十二時間以上経ったら、俺たちは落第ってことになる訳だし」

「でも、戻るルートなんて、そう簡単に見つかるかしら」

「最悪の場合、俺の魔法で天井をぶち抜く」

「やめなさい。迷宮は歴史的建造物だし、この上にアカデミーの学舎があること忘れてるでしょ」

「言われてみれば、そうか……」

「そうよ。オズって時々恐ろしく雑な発想するわよね」

「……研究者は効率重視なんだよ」

　ジトっとしたアーヴィンの視線に耐えかねて、俺は目を逸らす。

「まずは、このフロアを探索しないと……当然、このフロアにも守護者《ガーディアン》は居るわよね？」

「それは心配しなくていい。アーヴィンは、俺が絶対に守るから」

「う……うん」

彼女は小さく頷くと、照れたような微笑みを浮かべた。

「あ、あはは……でも、地上までどれぐらいかかるのかしら。入口付近を軽く探索するぐらいのつもりだったから、食糧とか全然持ってこなかったのは失敗ね」

「ああ、ちょっと甘く見すぎたな。ところでアーヴィン、食糧と言えば、海産物は好き？」

「どうしたの急に？　うん、好きよ」

「ナメクジってのは、貝殻が退化した貝なんだそうだ。食えなくはないかも」

「……今、嫌いになったわ」

「それは残念」

どうやら冗談が過ぎたらしい。アーヴィンが拗ねたような顔をして、俺を睨んでくる。

「えーと……とりあえず、粘液全部洗い流した方が良くないか？　制服も洗って、乾かして。それぐらいの時間はあるだろうし」

こういう時、炎属性は便利だ。服を乾かすことぐらい訳もない。

「そうね……オズも粘液で汚れちゃったみたいだし、その……一緒に水浴びしちゃう？」

「……それは、マズいんじゃないかな」

「いやなの？」

上目遣いに見つめてくるアーヴィンから、俺はそそくさと目を逸らした。

「我慢出来なくなっちゃうから……さ」

普段の近寄りがたい雰囲気を放ちまくる彼女と、二人きりの時の彼女はほぼ別人。とんでもない甘えん坊なのだ。

「……二人だけなんだよ？」

確かにシスターアンジェが王宮に居る間は、いつ夜討ち朝駆けを仕掛けてくるとも限らないから、誰ともベッドを共にしない。昨日、ジゼルに処置して貰った後、話し合ってそう決めた。

「ダメだってば、もし始めちゃったら……我慢できなくなっちゃうだろ」

すると、彼女はニッといたずらっぽい微笑みを浮かべる。そして、こう言った。

「我慢する必要……ある？」

「……ない、かも」

我慢する必要があるかないかという問題以前に、迷宮攻略の真っ最中、要は授業中である。本来なら性行為などもっての外なのだ。だが、可愛い奥さんにおねだりされて、俺がそれを無碍にできる訳などなかった。

アーヴィンは粘液に塗れた制服を脱ぎ棄て、身を捩りながら両手で胸を隠す。

「そんなにジロジロ見ないでってば……恥ずかしいのはやっぱり恥ずかしいんだから」

「あ……その、ごめん」

彼女の裸はもう何度も見ているはずなのに、恥じらう仕草にはやはりドキドキさせられる。

傾斜の下に湛えられた水は身体を清めるのに充分なほど深かった。そして、幸いなことに常時入れ替わっているらしく、淀みもせずに澄んでいる。

俺の視線を気にする素振りを見せながら、彼女は水の中にそっと足を差し入れる。

チャポンとつま先が水面《みなも》を揺らし、彼女はゆっくりと白い裸身を水の中へと沈めていった。

水の深さはアーヴィンの胸のすぐ下辺り。彼女は一度、肩まで水の中に沈んだ後、俺に背を向けて身体を洗い流し始めた。

「やだぁ……髪もベトベトぉ……」

厭わしげにそう口にすると、彼女は突然、頭まで水の中に沈み込んで、勢いよく浮上する。

「ぷはぁ……」

長い黒髪が弧を描いて水面を叩き、盛大に水飛沫《みずしぶき》が飛び散った。

俺も制服を脱ぎ棄てて、水辺に腰を下ろす。

足だけを水に浸けて彼女の姿を眺めれば、ささやかな膨らみを滑り落ちる水滴、乱れた濡れ髪、白いうなじ。宙に浮かべた火球が描く淡い陰翳の中、水と戯れる彼女の姿は、あまりにも幻想的だった。

しばらくして、ひとしきり粘液を洗い流せたのか、アーヴィンは髪を搾りながら、俺の方を振り返る。

「ずっと見てたんだ……」

「ああ、綺麗だなって」

「うふっ、今更口説いたって、もう好きになんてならないわよ」

「そうなの？」

「だってもう……限界いっぱい大好きだもん。これ以上は無理よ」

はにかむような微笑みを浮かべて、彼女は水の中を俺の方へと歩み寄ってくる。

初めて出会った時の、あの虫を見るような彼女の表情が脳裏を過って、今の彼女とのギャップに思わず苦笑する。二人きりの時にしか、彼女のこんな表情は拝めない。

そろそろ俺も水に浸かろうかと腰を浮かしかけると、アーヴィンがそれを制した。

「オズはそのまま座ってて」

「あ？　うん……？」

アーヴィンは首を傾げる俺を水辺に座らせたまま、その目の前でかがみこむ。そして、俺の脚の間で肩まで水に浸かったかと思うと、いきなり肉棒をパクリと咥え込んだ。

「ア、アーヴィン!?」

彼女の裸身を眺めている内に当然、俺のモノは硬く張り詰めている。その赤黒い先端を頬張りながら、彼女は嬉しそうに微笑んだ。

「い、いきなりだな……」

「ふぁっへ……ぷはっ、だって、二人っきりになれるチャンスを無駄になんてできないもの」

咥え込んだペニスを一旦吐き出して、アーヴィンはチロチロと先端を舌で刺激する。

蠢く舌の感触に、俺は思わず眉根を寄せた。そして彼女が再び俺のモノを咥え込んでゆっくりと顔を前後させ始めると、あまりの気持ちよさに声が洩れそうになる。

彼女は普段のキツイ物言いとは裏腹に、二人きりの時はいつも献身的だ。最初の夜を一緒に超えてから、俺に尽くそう、尽くそうとしてくれる。ベッドの上では特にそうだ。

だからなのかはわからないけれど、口淫の上達っぷりは驚くほど。

おかげで今も、俺のモノはあっという間に極限まで昂り、ともすれば発射してしまいそうなほどに張り詰めていた。

「うぅっ……アーヴィン……」

呻き声を漏らすと彼女は嬉しそうに俺を見上げて、舌の動きを速める。

「ぷはっ……ちゅっ、ちゅっ、れろれろっ……」

そして、また肉棒を口から吐きだすと、亀頭に軽くキスの雨を降らせたり、肉茎を舌先でなめあげたりと、今度は焦らすような奉仕に切り替えた。

（アーヴィン、無茶苦茶上手くなってるな……）

次第に高まってくる射精欲求。俺が身を固くすると彼女は股間から俺を見上げ、肉棒に舌を絡めながら笑った。

「うふっ……我慢できなくなっちゃったんでしょ？」

一国の姫にあるまじき淫蕩な表情。そして、あまりにも淫らな美しさ。

「誰のせいだよ」

彼女はふふっと口元を弛ませると、今度は亀頭だけを口に含み、チェリーをしゃぶるように執拗に口の中で舐めまわす。そして、散々先端を嬲ったかと思うと、そのまま幹に舌を這わせ、裏筋を舐め下ろして睾丸までを口に含んだ。

その間にも、白い指先で緩慢に肉棒を扱き上げるのも忘れない。少し前まで処女だったはずなのに、彼女の努力家な一面が、この方面でもいかんなく発揮されていた。

「アーヴィン、もう本当にヤバいから」

「うん……そろそろアタシも欲しくなってきちゃったし……シちゃおうか」

そう言いながら、アーヴィンは水から上がり、俺を促した。

「じゃあオズ、ここに仰向けになって」

「ああ」

俺は言われた通りに、床の上に寝そべる。

石造りの床は硬く、冷たく、地味に背中が痛い。俺が横になると、アーヴィンはもどかしげに脚を開いて、俺の腰の上に馬乗りになった。

「うふふ、シたいって言い出したの私だし。私がぜーんぶしてあげるから。思う存分、気持ちよくなってね」

アーヴィンは、はにかみながら俺の上へと覆い被さってくる。頬を軽く摺り合わせると、彼女は耳を舐め、耳たぶを口に含んで甘噛みしてきた。耳元に荒い呼吸。そのまま彼女の舌は顎、首筋へと徐々に南下、肩胛骨の辺りに軽く歯を立てられたその瞬間、ゾクゾクと背筋に電流が走った。

俺はされるがまま。彼女は更にキスの雨を降らせていく。唇で肌を啄み、乳首を舌で転がしたかと思うと、唇を窄めてそれを吸いあげた。

そのまま彼女は身体を擦り合わせてくる。小振りなバストは胸元に、柔らかい下腹部は俺の逸物に押しつけられ、時折、サリッと恥毛の感触を覚えると、既に硬く屹立した肉棒がもどかしげに震えた。

「我慢できなくなってきちゃった……挿れちゃうね」

アーヴィンは、呼吸を乱しながら身を起こすと俺に背を向け、ガニ股になって腰を持ちあげた。そして、反り返りすぎて腹に張りつくような剛直を指先で掴むと、自らの秘裂に導き始める。

くちゅっと、先端が彼女の熱い洞へと呑みこまれていく卑猥な水音が響いた。

「んっ……んんっ……はぁ、はぁ、あぁっ……うぅ……」

彼女がゆっくり腰を落とすと、俺のモノが狭隘な肉穴を押し拡げていく。

「あぁぁあああっ！」

まだ解《ほぐ》れ切っていない膣肉に強めの抵抗。やがて肉棒がズルンと奥へと滑り込むと、彼女の身体が、俺の腰の上で大きく仰け反った。

「んあぁああっ、んんん！」

背中が優雅なカーブを描いてしなり、アーヴィンの長い髪が俺の胸の上へバサッと垂れ落ちる。

「はぁ、はぁ、はぁ……入ったぁ……」

うっとりとした口調でそう呟くと、彼女は前屈みになって俺の腿に手をつき、腰を持ちあげて、自らピストン運動を開始した。

「うっ……アーヴィン！」

肉棒を擦り上げる甘美な味わいに、俺は頬を歪める。しかも、目の前の光景がまた絶品だった。

俺の股間の上で、彼女のヒップが踊っている。

グロテスクな肉棒が、アーヴィンほどの美少女の蜜壺にみっちりと突き立てられている卑猥な光景。彼女が動くとヒップが弾み、肉と肉がぶつかり合う音がした。

「あんっ、あんっ、あんっ、ああっ！　あ、あ、あ、あっ……」

リズミカルな喘ぎ声に合わせて、びっしょりと蜜に濡れた俺の肉棒が、彼女の胎内へと姿を消し、また現れる。そのあまりにも卑猥な絶景に、興奮は天井知らずに昂っていった。

彼女はしばらくの間、何度も何度も腰を上下させて肉棒を出し入れすると、今度は挿入したまま身体を回転させる。

「くっ……！」

蜜壺は、咥え込んだモノを捩じ切ろうとするかのように収縮し、俺は思わず歯を食いしばった。

「ああ、オズぅ……」

正面に向き直った彼女は、うっとりとした表情で俺の上へと身を被せてくる。ぴったり肌を合わせると、彼女の濡れた唇が俺の唇へと重なった。

「んっ、んん……」

二人の舌が激しくもつれ合う。まるで飢えた獣のよう。俺たちは互いを貪るように唾液を吸い、呑みほした。

その間も肉棒はきっちりと蜜壺に埋めこまれたまま。アーヴィンが、ゆっくりと腰を動かしている。

「んっ、ちゅっ……オズぅ、幸せぇ……」

「俺もだよ」

甘い囁きを交わし合い、俺たちは頬を擦り付け合う。

「……どんな恋愛物語もおとぎ話もハッピーエンドの後、ヒロインたちはこんな風にいやらしく腰を振ってるんだよね」

それは確かにそうだろう。末永く幸せに暮らしましたという締めの一文には、当然こういうことも含まれている。唐突ではあったが、物語のような恋愛に恋い焦がれた、彼女ならではの感想と言ってもよかった。

「……愛してる」

俺がうわごとのようにそう告げると、その口をまたアーヴィンの唇が塞いだ。

「んっ、ちゅっ……んちゅ、わらひのほうが、あいひてるんらからぁ」

愛の深さを張り合おうというのなら容赦はしない。俺は唇を合わせたままアーヴィンの腰を掴むと肉棒を鋭く叩きこんだ。

「んあぁあっ！」

彼女は堪らず唇を離し、驚いたような声を洩らす。

俺は彼女から主導権を奪い取ると、そのまま激しく抽送を開始した。

「ああっ！　あんっ！　あ、あ、あっ、そ、そんな急にぃっ！　ひっ！　あああっ！」

ズンッと突き上げると膣襞が、歓喜に震えながら肉棒に絡みついてくる。俺はそれを振り払うかのように激しく腰を使った。

激しい突き上げに彼女は髪を振り乱し、俺の胸に手をついてガクガクと震えながら、背を反り返らせる。

「あぁぁあああああっ！」

彼女は切羽詰まった声を上げ、身体を支えるのも辛くなったのか、へなへなと俺の上に倒れこんできた。だが、俺ももう限界が近い。もはや余裕なんてどこにもなかった。

「アーヴィン！　射精《だ》すぞ！」

「うん、射精《だ》して、わ、わたしで気持ち良くなってぇええ！」

俺はラストスパートとばかりに、激しく彼女の奥を突き込んだ。そして、遂に限界を迎える。

ビクンビクンと脈動する肉棒。満を持して俺の熱流が溢れ出すと、彼女は溺れているかのように必死に俺の頭を掻き抱き、同時に肉壺が一気に収縮した。

「イ、イクっ！　イクっ！　あっ、あっ、あぁああっ！　イクぅうううううう！」

息が詰まる。ビクンビクンと脈動を繰り返しながら、二人して身を強張らせる。

やがて彼女の腕に籠もった力が抜け落ちると、がっくりと顔を落とした彼女の濡れ髪が、俺の頬に触れた。

「はぁ、はぁ、はぁ……オズ好きぃ……大好きぃ……」

俺の耳元で、荒い呼吸の間から彼女の囁きが滲み出すかのように零れ落ちる。

俺は返事をする代わりに、彼女の身体を両腕で強く抱きしめた。

第五章　合流

「きゃっ!?」

「水触手《ウオーターテンタクル》っ！」

ミュシャ目掛けて、元気一杯に天井から落ちてきた巨大ナメクジ《ジャイアントスラッグ》を、クロエの精霊魔法が撃ち落とした。

「大丈夫？」

「ふぇぇ……なんで、こんなにナメクジだらけなのぉ」

アタシ——ザザが手を差し伸べると、ミュシャは涙目で縋りついてくる。実際、この数はいやがらせとしか思えなかった。ナメクジに大した殺傷能力はないが、あまりにも数が多すぎる。

(考えてみたら、この迷宮作った高祖陛下って、姫殿下のご先祖さまなんだよね……なんというか、わかるような気がするなぁ)

思わず苦笑するアタシに、きょとんとした顔で首を傾げるミュシャ。一方でクロエは次から次へと落ちてくる巨大ナメクジ《ジャイアントスラッグ》を、嬉々として水 触 手《ウオーターテンタクル》で叩き落とし続けていた。

「おー……なかなか便利だな、その魔法」

シスターアンジェが珍しく感心したような声を漏らして、クロエがにこりと微笑む。

「うふふ、ある程度は自動で敵の攻撃を迎撃してくれるんです」

「へー、そりゃ楽でいいな」

おっとりしたクロエには悪態をつきにくいのか、女の子ばかりの時はオラついたりしないのかはわからないけれど、現在のシスターアンジェの様子は、先ほどまでに比べてかなり友好的なように思えた。

オズくん、そして姫殿下とはぐれてすでに二時間。私たち三人は今、迷宮《ダンジョン》を更に奥へ奥へと進んでいる。だが、未だに第二階層へ降りる階段すら見つけ出せていなかった。

(今からでも、引き返した方がいいような気もするけど……)

オズくんと姫殿下が壁面に開いた穴へと落ちた時点で、アタシは一旦地上に戻って救助を求めようと主張したのだが、シスターアンジェはそれを鼻でせせら笑った。

「ばぁーか、帰るんならお前らだけ帰れよ。アイツらだって大丈夫だろ。このぐらいでどうにかなっちまうようなヤツなら、勝手に死ねってだけの話だしな」

アタシが思わずムッとすると、彼女は誰に言うでもなく、こう呟く。

「……オズマさまの墓だってのに、正教会の人間がこの迷宮《ダンジョン》に足を踏み入れられるチャンスなんて滅多にねぇんだ、そう簡単に引き返せるかよ」

「墓？　ここお墓なの？」

ミュシャがそう尋ねると、シスターはあきれ顔で肩を竦めた。

「なんだ、そんなことも知らねぇのかよ、バーカ。ここの最下層にはオズマさまの聖骸が納められた石棺が安置されてる。そう伝わってる。こんな機会はもう二度とねぇんだ。十階層と言わず底の底まで潜って、オズマさまにお会いするつもりだ。オズマさまの妻たるシスターを代表してな」

知らないというのは幸せなことだと思う。この場にいる四人のうち二人が、本当に大英雄オズマの妻なのだから。

だが、今は優越感に浸っている場合ではない。

「目的変わってんじゃないの！　とにかく！　一旦地上に戻って救援を呼びにいくわ！　ミュシャもそう思うでしょ！」

するとミュシャは、少し戸惑うような素振りを見せた後、意外なことを言い出した。

「その……私も先に進んだ方が良いと思うんだけど」

「ミュシャまで!?」

「だってザザ、二人が落ちた後、水音が聞こえたでしょ？　たぶん二階層ぐらい下に落ちただけだと思うし、落ちた先が水ならたぶんケガもしてないいんじゃないかなって……」

すると、なぜか少し楽しそうにクロエが言葉を継ぐ。

「そうですね。急いだほうが良いでしょう。だって、ここはダンジョンの中、オズくんと姫殿下を二人っきりにしてたら……」

「してたら？」

「当然、男女の仲を深めてしまいます！　ダンジョンの中だけに！」

「…………」

クロエのドヤ顔とは裏腹に、周囲の気温が一気に下がったような気がした。

ただでさえ静かな迷宮内が、より一層静かになったような気さえする。実際、シスターアンジエも、ものすごく微妙な顔をしていた。

「ダンジョンの中だけに！」

「いや……聞き逃した訳じゃないから」

バディとして一緒に過ごしてきたアタシは、クロエの奇行には多少慣れつつある。

彼女はウチなんかとは比べ物にならないぐらい高位の貴族、リュミエール家の末娘。筋金入りのお嬢様なはずなのだけど、性格は正直、かなり変わっている。

オズくんに嫁入りした経緯もぶっ飛んでいるが、そもそも他人の恋愛事情が大好物で、ご覧の通りジョークのセンスもかなり独特。

（……言いたかっただけなんだろうなぁ）

「クロエ……どう考えても、今は色恋沙汰の話をしてられる状況じゃないと思うんだけど」

伝説の大英雄とはいえ、今日が初めての迷宮攻略《ダンジョンアタック》。いうなればダンジョン童貞なのだ。今の問題は惚れた腫れたではなくて、差し迫った命の危機のはずなのだ。

　だが、クロエは静かに首を振る。

「姫殿下が押しに弱いのはもうわかってるでしょう？　ましてや、守護者《ガーディアン》に襲われる恐れがある迷宮の中では吊り橋効果全開のハズです。救出される頃には、きっと姫殿下のお腹には、新しい命が宿っているに違いありません」

「違いなくないよ!?」

　だが、『吊り橋効果』とか、もっともらしいことを言われると、流石にちょっと慌てる。とんでもない暴論のはずなのだけれど、姫殿下が既にオズくんの妻の一人であることを知るアタシたちにしてみれば、彼女にまんまと抜け駆けのチャンスを与えてしまったとしか思えない。

「あはは……流石にそれはないってば、姫殿下は王族なんだから」

　やや引き気味に、ミュシャが口を挟む。王国民としては常識的な反応だろう。通常、王族は精霊王と契って子を為すものと決まっているからだ。

　流石にシスターアンジェもドン引きしているんじゃないかと目を向けると、彼女は顔を真っ赤にして、盛大に目を泳がせていた。

「こ、こども、こどもができるようなこと……」

（あれ？　もしかして……意外とエッチなことに耐性がないんじゃ……？）

　彼女は、キ○タマだのなんだのと罵詈雑言を言い放ってきたが、よく考えてみれば男女の営みに関わるような発言は、ほとんどなかったような気がする。

（ほほぅ……これは……）

だが――

「もし姫殿下に女の子が生まれたら、何とお呼びすれば良いのでしょうね……姫姫殿下かしら？」

「「「あ……うん」」」

クロエのピント外れな呟きのせいで、アタシたちは急激に冷静さを取り戻した。

結局、多数決的に迷宮を奥へと進むことになって更に一時間、私たちはとんでもない状況に陥っていた。

「うおおおおおおおおぉぉぉぉ！」

「ひゃぁ!?」

雄叫びと共に、シスターアンジェが雷撃で打ち砕いた蜘蛛型守護者《ガーディアン》の破片が飛び散って、ミュシャが悲鳴を上げる。

「はん！　他愛もねぇ！」

「シスター！　油断しすぎです！」

そう言いながら、シスターの脇から飛び出したクロエが両手を振りかぶって、襲い掛かってくる守護者《ガーディアン》に水流を打ち込んだ。

「クロエ！　こっちにも手助けしてよぉ！」

切羽詰まった声を上げたのは、外ならぬアタシである。

後ろから襲い掛かってくる守護者《ガーディアン》は、アタシが独りで、必死に捌《さば》くはめに陥っていたのだ。

「それぐらい、自分でなんとかしてください！」

「クロエがアタシにだけ冷たい!?」

「でも、でも……シスター、流石にコレはマズくない？　ザザの言う通り一旦撤退した方がいいんじゃ……」

涙目でミュシャが訴えると、シスターアンジェが彼女を怒鳴りつける。

「バカ言うんじゃねぇ！　まだ一階層だぞ？　これぐらいで音を上げてたら、この先どうにもならねぇぞ！」

最初の方は巨大ナメクジ《ジャイアントスラッグ》程度だった守護者《ガーディアン》との接敵《エンカウント》も、奥へ進めば進むほどにワンランク強い蜘蛛型が現れる回数が増え、そして遂には在庫一掃処分と言わんばかりに、蜘蛛型守護者《ガーディアン》の大集団に取り囲まれたのである。

決して狭い訳ではない通路を、まるで休日の市場の人込みのごとくに、無数の蜘蛛型守護者《ガーディアン》が埋め尽くしている。

「まだ一階層なのに!?　いくらなんでも難易度高すぎない!?」

思わず、泣き言めいた言葉が口を突く。

すると、シスターが稲妻で形作った剣を振るいながらアタシを怒鳴りつけてきた。

「ピーピーうるせぇぞ！　黙って手ェ動かしてろ！　こんだけ厳重ってことは、この先に下層階への階段があるに違いねぇんだからよぉ！」

「そんなことといったって、キリがないってば！」

「あーうっせぇ、うっせぇ！　一気にぶち抜くぞ！　遅れねぇようについてこい！」

シスターアンジェが喚き散らすと、彼女の右腕がバチバチと帯電し、腕を包み込むように巨大な突撃槍を形作り始める。

そして、次の瞬間、彼女は大きく腕を振りかぶった。

「ぶち抜け！　ライトニングチャージッ！」

紫電の突撃槍と化した腕を真っ直ぐに突き出して、進路上の蜘蛛型守護者を次々に砕き、蹴り倒しながら、彼女は真っ直ぐに駆け出す。

恐ろしい破壊力に目を丸くしたのは、一瞬のこと。ハタと気付いて――

「ちょ!?　シスター！」

「あわわ、待って！」

「ひぃいい、置いてかないでぇええ」

私たちはシスターを追って、ひしめきあう守護者《ガーディアン》たちのド真ん中を慌ただしく駆け出した。


愛の営みを終え、軽い疲労感と十分な満足感で身体を満たして、俺とアーヴィンはあらためて迷宮へと足を踏み出した。

当面の目的は上層階へ向かう階段を探すこと。兎にも角にも、ザザたちと合流しなくては話が始まらない。

「あの子たちも、地上に引き返したんじゃないかしら？」

「ザザやクロエたちだけならたぶんそうするんだろうけど、シスターアンジェが大人しく引き返すと思うか？」

「……思わないわね」

アーヴィンは、苦笑気味に頷いた。

俺たちが落ちたこのフロアは、たぶん三階層か四階層。廊下も室内同様に磨き上げられた大理石で、非常に人工的な雰囲気を醸し出している。

部屋を出発してすぐ、続けざまに守護者《ガーディアン》と遭遇したが、さほど強くはなかった。一階層のナメクジと違って、ちゃんと人型。但し骸骨《スケルトン》ではあったが。

ちなみに、錆びた剣を振るって襲い掛かってくる骸骨《スケルトン》を屠ったのは、二度ともアーヴィンの精霊魔法である。俺はただ眺めていただけだ。

それというのも、出発前に彼女がそう望んだからだ。

彼女が前衛で俺が後衛。危なくなるまでは絶対に手を出さないという約束をさせられた。

彼女は彼女なりに、成長したがっているのだ。

「それにしても……何なんだろうな、この手抜きダンジョンは」

「逆に迷いそうよね」

俺の呟きに、アーヴィンが頷く。

手抜きと表現したのは、このフロアの構造があまりにも単純過ぎたからだ。

全てが真っ直ぐで、通路が等間隔に縦と横に交わっている。

行き止まりも無ければ、通路ごとには何一つ特色もなかった。

そして、通路によって切り取られた、いわゆるチェス盤の目にあたる部分が部屋となっていて、その入口は東西南北、いずれかにランダムに設置されているのだ。

恐らくその部屋のいずれかに、上へと上がる階段も、下へと下りる階段もあるのだろうが、部屋の数を思えば気が遠くなる。

だが、俺たちには、今のところ虱《しらみ》潰しに当たることしかできないのだ。

「とりあえず、このフロアの四隅のどれかに辿り着けたら、そこを起点に当たっていくのが賢明かもしれないな」

「ええ、そうね。次回のためにも、正確に階段の位置を把握しておきたいし」

俺たちは、とにかく真っ直ぐに進み、どうにか外周と思われるところにまで辿り着いた。

見回してみると、幸いにも右側でL字に通路が折れ曲がっているのが見える。東西南北の方向感覚は怪しいが、とりあえずその曲がり角を起点にマッピングをスタートすることにした。

「じゃあ、まずは手前の部屋から順に、外周に沿って調べていきましょう」

「ああ、だが罠があるかもしれないから、気をつけろよ」

「大丈夫だってば」

アーヴィンが前を歩いて、俺たちは一番近くの部屋に足を踏み入れる。

探索開始一つ目の部屋。だがそこで俺は、いきなり極悪な罠に出くわすこととなった。

俺たちにとって……ではない。俺、限定である。

「わあ……立派ね」

部屋に足を踏み入れるなり、アーヴィンが感嘆の声を漏らした。

「勘弁してくれ……」

一方、俺は思わず膝から崩れ落ちそうになる。

そこに鎮座していたのは、ご存じ彫像。例によって筋骨隆々のアレである。

今回のは抱きかかえた、やたら巨乳な幼女の胸を握りしめながら、右腕で巨大なイノシシをぶん殴っている、実に男くさいマッチョの巨大な彫像だ。

それは、大理石で出来ていて、思いっきり黒光りしていた。

（いや……まあいい。そこまでは、百歩譲って良しとしようじゃないか。問題は……）

「なんで、コイツ勃起してんの!?」

「興奮してるからじゃないの？」

そう、今回の彫像は全裸で、臍《へそ》にくっつくほどに逸物が反り返っている。

「これは、氷の魔獣と戦うオズマ像ね。出典は確か……正教経典の第十二章だったと思うけど」

「正教経典の十二章は、精霊を身に宿す時に聞かされたからわかるけど……」

たった一章の間に伝説の俺が、謎の幼女と二人で氷の魔獣を倒して海を割り、空を飛び、四十五人の女を抱くという実にトンチキな伝承である。

思わずげっそりする俺とは裏腹に、アーヴィンは興味深げに像へと歩み寄り、よりによって逸物の部分を指先で突《つつ》きながら、嬉しそうにこう告げた。

「顔は似てないけど、おち○ちんはそっくり。大きさとか血管の浮き方とか」

「そこまでデカくないよねっ!?」

実際、彫像のそれは俺の腕より太い。というか、一国のお姫さまが言って良い冗談ではない。

「そうかなぁ？　挿《い》れられる方の体感としては、あれぐらいに感じるんだけど」

「おい、こら！　生々しいからやめろ」

大体にして男の方が下ネタを口にするものではあるが、女性が下ネタを飛ばすと生々し過ぎることになるのはホントなんでなんだろう。

「どんな嫌がらせだよ、これ……」

思わず肩を落とすと、アーヴィンはきょとんとした顔で首を傾げる。

「そうは言うけど、大英雄オズマといえば性欲の権化というのが、一般の認識だもの。この国に存在するオズマ像の大半は勃起してるわよ」

「お子さまの情操教育に悪すぎるだろ！」

だが、彼女は更に俺を絶望させるようなことを口にした。

「こんなのまだマシよ。国立博物館の正門なんて、左右のオズマ像のおち○ちんがアーチを描いて門になってるんだから」

「どんな地獄絵図だ！」

果たして、この国には、ち○この下をくぐるというシチュエーションの頭のおかしさに気付く人間はいないのだろうか？　ち○こだぞ？

「だれか、文句言ったりしないのかよ……」

「うーん……でも、言われてみれば、五十年ぐらい前に正教会主導で彫像の打ちこわしを行ったって聞いたことがあるわ」

「まあ、そりゃそうだろ」

「オズマさまの聖根がこんなに小さいわけがないって、基準サイズに達しない彫像は次々に打ち壊されたらしくて、どんどん巨大化が進んだって聞いてるけど」

「そっち!?　まず、ち○こを取り締まれよ！」

「だから、この国の芸術は、小ペニス狩り以前と以後に分かれてるって習ったわ」

「だから！　ち○こを基準にすんじゃねぇー！」

「ちなみに小ペニス狩りは俗称。正しくは聖根復興運動——ペニッサンスっていうのよ」

「ドヤ顔すんな！」

「そのお陰で、最近の前衛彫刻家のつくる像の中にはおち○ちんの方が身体より大きいのもあるぐらい」

「前衛的過ぎる！」

（それ、もうオズマ像じゃねぇよ！　ち○こ像だよ！）

この国の頭のおかしさは充分に理解したつもりだったのだが、どうやら俺はまだまだ甘かったらしい。流石にツッコミ疲れて息を切らす俺に、なぜかアーヴィンが冷ややかなトーンで囁きかけてきた。

「それはともかくオズ、この巨乳幼女は誰なの？」

「知らねぇよ！」

「自分のことでしょう？　責任逃れは男らしくないんじゃない？　まず巨乳ってところが気に入らないわ」

「冤罪にも程がある!?」

実際、この時代に伝わっている伝説の俺はどう考えても俺じゃない。身に覚えのないことばかりだ。それを責任云々と言われても困るとしか言いようがない。

「一説には、このモチーフの幼女は高祖フェリアさまだっていう説もあるみたいだけど、他の高祖さまの彫像とは、顔も体型も全然違うのよね」

そう言われて、俺はその幼女像の顔をあらためて眺めた。

（んん？　確かにフェリアには似ても似つかないけど……でもどこか、見覚えがあるようなな？）

フロアの探索を進めれば進めるほどに蓄積するダメージ。数部屋ごとに設置された頭のおかしいオズマ像は、着実に俺のメンタルにダメージを与えてくる。

ここまでは、アーヴィンが言っていたほどの前衛的な代物はなかったが、実に残念なことにどれも見事に勃起していた。

「どうやら、この階層はオズマの業績を称えるフロアみたいね」

「称えるって表現には、すごく抵抗を感じるんだが……」

俺の体感としては完全に晒し者である。性質《タチ》の悪い嫌がらせとしか思えない。

「いい加減に割り切ったら？　オズとは似ても似つかないんだし、別人だと思えばいいじゃない。我が国の美術は大英雄オズマをどう描写するかっていう一点で発展してきた訳だし、いちいち凹んでたらキリがないわよ」

「そうは言うけどな……」

「そんなこと言ってたら、大バルサバル卿との友情モノなんか見たら死んじゃうわよ」

「ゆ、友情……モノ？」

「友情モノっていうのは、お互いの――」

「あー！　大体分かった！　言わなくていい！　っていうか、絶対言うな！」

俺が声を荒げると、アーヴィンはさもおかしげにクスクスと笑った。

精神面のダメージは深刻だが、このフロアから上層階への階段を探し当てるまで、探索をやめる訳にはいかない。

それに、敵は彫像だけではないのだ。（※注、俺の中では、彫像は敵という認識である）

途中、幾度も骸骨型守護者《スケルトンガーディアン》と戦闘にもなったのだが、所詮は低階層の敵、アーヴィンが単独で相手をし、俺が手を差し伸べねばならないような場面は一度もなかった。

総括すると、被害は俺のメンタルだけだ。うん、実に理不尽。

俺の身悶える様子が相当楽しいらしく、アーヴィンはニヤニヤしながら彫像について必要以上に詳細に説明しようとする。

それを耳を塞いでやり過ごしながら、俺たちは部屋の探索を続行し、二十四部屋目にして、遂に上層階へと向かう階段を発見した。

『迷宮攻略《ダンジョンアタック》』開始前のオリエンテーションで、階段のある場所には守護者《ガーディアン》は出現せず、そこには『迷宮攻略《ダンジョンアタック》』の期間、係員が常駐していると聞いている。

実際、階段のすぐ脇には天幕が設置されており、その傍に常駐係員と思われる男性がいて、突然現れた俺たちに気付いた途端、彼はギョッと目を剥いた。

「な、なんだ？　どこから来たんだ、君たちは!?　今日は、まだ誰も階段を下りてきてないはずだぞ！　って……ひ、姫殿下ではございませんか！」

アーヴィンが一緒だと、流石に話が早い。

俺たちが簡単に経緯を説明すると、彼は驚きと共に興味深げに頷いた。

「そんな未発見ルートがあったとは……。十回層までは探索されつくしたと思われていたのですが。流石姫殿下！　大発見でございますな！」

「それで……ここは三階層でいいの？」

「左様でございます」

　アーヴィンの問いかけに、係員は恭しく頷く。

「それで、姫殿下はこれからどうなさるおつもりで？」

「そうね……このフロアに落ちたせいで他のメンバーとも逸《はぐ》れてしまったから、彼女たちを探しながら地上を目指そうかなって」

「それでは少しお待ちください」

　そう言って、係員は天幕の中に入っていく。しばらくして戻ってきた彼は、アーヴィンへと恭しくこう告げた。

「第二階層の係員と連絡をとって見たのですが……」

「連絡？」

　俺が首を傾げると、彼は「そういう魔道具があるのだ！」と口を挟むなとばかりに言い放ち、再びアーヴィンへと向き直る。

（アーヴィンと俺の扱い違い過ぎないか？）

　まあ、一般生徒と姫殿下では扱いが違って当然なのだろう。

「お仲間と思われる方々は既に第二階層へと下りておられますね。かなり前です。第二階層はさほど広いフロアではありませんので、もしかしたらそろそろ――」

彼がそう口にした途端、まるで狙いすましたかのようなタイミングで、階段の上の方からドタドタと足音が響いてきた。

「来たみたいですね」

「あ――っ！　いたっ！」

係員が苦笑するのと前後して、頭上から聞き慣れたザザの声が降ってくる。

見上げれば、ザザを先頭にクロエとミュシャが階段を駆け下りてくるのが見えた。その後をブスっとした顔で、シスターアンジェがゆっくりと着いてくる。

「よかった！　心配したんだから！」

慌ただしく傍へと駆け寄ってきたザザが俺の手をとると、その背後からミュシャが、小声で問いかけてきた。

「オズくん、大丈夫？　その……姫殿下に酷いことされなかった？」

「ちょっと！　それ、どういう意味！」

アーヴィンが瞬時にいきり立ち、俺がまあまあと宥めた。

ミュシャの心配もわからなくもない。ザザを表向きの婚約者に据えて以降、教室でのアーヴィンは、ずっとイライラした雰囲気を漂わせていたのだ。

俺への当たりも強く、同じ最下級クラスの男子からは、「あんなキツいこと言われてもめげないなんてすごいな」と、メンタルの強さを賞賛されることもあったくらいだ。

だが、俺にしてみれば、嫉妬するアーヴィンは可愛いし、二人っきりの時の甘えっぷりを思えば、昼間のギスギスは、むしろ夜の生活のスパイスでしかない。

昼間の彼女の態度をネチネチと責めて、謝らせながらのわからセックスには本当に興奮させられるのだ。最近は俺自身、割とS傾向が強いことをはっきりと自覚しつつあった。

「だってさ……姫殿下のことだからオズくんのこと、こき使ってるんだろうなって」

ミュシャのその一言に、アーヴィンはちらりと俺の方を盗み見る。

「ま、まあ、それは当然こき使うわよ。こんな男。私の役に立てるのだから、泣いて喜んでほしいぐらいだわ」

嫉妬深いだけではなく、見栄っ張りなところもアーヴィンの魅力の一つだし、また一つ、夜のベッドでネチネチと責める材料が増えたと思えば、少々何を言われても気にはならなかった。

そんなゲスなことを考えながら、俺は小声でヒソヒソとザザに問いかける。

「ザザ、シスターアンジェはどうだった？」

「……女の子だけの時は、大分マシかな。ミュシャのことは、ちゃんとバディとして気にかけてるみたいだし」

「仲良くなれそう？」

「うん、まあ一応。アタシが……というよりはクロエがね。気が合うみたいで」

それは、かなり意外な気がした。

クロエは相当な変わり者ではあるが、高位の貴族令嬢。いうなれば箱入り娘だ。

一方のシスターアンジェは、生い立ちや家庭環境は知らないが、態度や言動を見る限り、スラム街の吹き溜まりから湧いて出てきたと言われてもおかしくないように思える。

「なんか、二階層に下りた辺りから二人で合体必殺技とか考え始めちゃって、アタシとミュシャは蚊帳の外だったぐらいだし……」

「合体必殺技!?」

それはむちゃくちゃ興味深い。考えてみれば水は電気を通す。確かに何かしら新しい魔法を生みだせそうな気がした。

(そうか、属性二つかけ合わせるってやり方は、考えたことなかったな……)

俺が思わず考え込む素振りを見せると、シスターアンジェが、ザザの背後で不機嫌そうな声を洩らす。

「おい、クソ野郎! 話が済んだんなら、とっとと下の階層に下りるぞ」

第六章　夜の二人

「はぁあ……疲れた」

王城に戻り、寝室に辿り着くや否や、俺は制服の上着を脱ぎ棄ててベッドに身を投げ出す。

すると、煽情的な夜着に着替えたザザが、後ろ手に扉を閉じながらクスリと笑った。

「あはは、お疲れさま。本当に大変だったよねぇ」

「迷宮攻略《ダンジョンアタック》もそうだけど……やっぱ、あの暴走シスターがなぁ」

「うーん、ちょっと捻くれてるだけなんだと思うけど」

俺がうんざりした気分のままに溜め息を吐くと、ザザが苦笑しながらベッドに腰を下ろした。

「捻くれてる……ねぇ」

先日、シャーリーもフレデリカ姫の護衛で正教会の大聖堂を訪れた際、彼女とは軽く揉めたと聞いている。果たして、全方向に刺々しいあの態度を『捻くれてる』で済ませていいものだろうか。

「ところでオズくん、口の中とか怪我した？　迷宮《ダンジョン》出る時もずっと口元押さえてたし、戻ってきてから、無茶苦茶口濯《すす》いでたし……」

「いや、それにはちょっと深い事情が……」

怪訝そうに顔を覗き込んでくるザザを見上げて、俺は、今日の出来事へと思いを馳せた。

迷宮攻略《ダンジョンアタック》初日、三階層にてどうにか合流を果たした俺たちではあったが、一難去ってまた一難。

地上に戻ろうと主張する俺たちに対して、シスターアンジェがただ一人、更に下層を目指すと言い張ったのである。

「帰りたいなら、お前らだけで帰りゃいいじゃねぇか！」

「それが出来たら、苦労はないんだってば。今から戻ってもギリギリだよ。落第したいわけ?」

大声を上げるシスターに、ザザが言い返す。ザザの背後にはイラついた表情のアーヴィン。クロエは我関せずで、ミュシャはオロオロと順番に全員の顔色を窺っている。

俺としては「勝手にしろ」と、そう言ってやりたいところではあるのだけれど、迷宮《ダンジョン》侵入後十二時間が経過したら捜索隊が派遣される。そうなったら、俺たちのグループはひとまとめで落第だ。

そういう意味合いでは、俺たちは確かに運命共同体なのだ。実に残念なことに。

「関係ねぇし、落第とか」

そして性質《タチ》の悪いことに、この暴走シスターはアカデミー所属ではないがゆえに落第しようがお構いなし。その上、独りで下層に降りたとしても、充分に帰って来られるだけの実力を保持しているのだから余計に始末が悪い。

「これだから正教会の連中はイヤなのよ。わがままで社会性ゼロ、まともにコミュニケーションもとれやしないんだから」

呆れ口調で唇を尖らせたのはアーヴィン。

後半は、ほぼ自己紹介なんじゃ……とは思ったが、もちろん、そんなことを口には出せない。いらないことを言わないというのは、円満な夫婦関係を保つコツである。

とりあえず、それなりにこの暴走シスターと友好関係を築けていそうなザザとクロエ、バディであるミュシャの説得に期待しようと思った矢先、シスターアンジェは俺の方へと顔を向け、嘲るように唇を歪めてこう言い放った。

「お前がここで勝負してくれるってんなら、話は変わるぜ、そっちが最優先だ。どうだ？　力ずくで言うことききかせてみろよ、お坊ちゃん」

「アンタねぇ！　いい加減に――」

声を荒げかけるアーヴィンを手で制して、俺はシスターアンジェに向き直る。

（まともに相手していられないな……）

たぶん、これ以上いくら言葉を尽くしても状況は変わらない。

俺は実力行使に出ることを決めて、アーヴィンへとこう告げる。

「先に地上に向かってくれ。とりあえず、このわからずやをぶっ倒して、すぐに追いかけるから」

「……大丈夫なの？」

「余裕だよ」

俺の発言が聞こえたのだろう。シスターアンジェの周囲に怒気が膨れ上がった。それでいい。冷静さを欠けば欠くほどに視野は狭まるのだから。

「ちょ、ちょっと！　オズくん」

シスターアンジェの剣呑な雰囲気に、ザザとミュシャが不安げな顔をした。クロエは完全に傍観者の態勢。ホントいい性格してる。

だが、アーヴィンは少し戸惑うような素振りをみせたもののすぐに頷き、「オズの邪魔になるから」と、皆を促して階段を上がっていった。

ついでに、係員がやっかいごとはまっぴらごめんとばかりに、そっとテントの中に消えていったのには、流石にちょっと呆れたが。

「随分舐めた口きいてくれんじゃねぇか、てめぇ！」

アーヴィンたちの姿が見えなくなった途端、シスターアンジェは俺の胸倉を捩じり上げ、威嚇するように顔を突き付けてくる。口元を歪めたその表情は、もはや街中のチンピラと大差がない。

「まあ、落ち着けって。悪いけど、勝負なんてする気ないし」

実際、まともに相手をしてやるつもりはない。これは経験則。

生前、似たような戦闘狂《バトルジャンキー》に出会ったことがあるのだが、一度叩きのめしたらそこからしつこく付きまとわれて、むちゃくちゃ面倒臭い目にあったことがあるのだ。

以来、こういう類《たぐい》の人間は、まともに相手をしないことにしている。

だが、こういう態度を取れば、彼女の怒りに火を注ぐことは明らかだった。

「ふざけんな！　女の前じゃ格好をつけて、いなくなってからごめんなさいってか？　おめぇがやらねぇって言ったたって関係ねぇ！　一方的にブチのめしてやらぁ！」

そう言って彼女が拳を振り上げた時にはもう、俺は魔法の発動を終わらせていた。

精霊魔法を発動したならバレもするだろうが、これは俺の時代の魔法。この時代の人間である彼女にとっては、初めて目にする魔法である。

俺は、彼女の鼻先にフッと息を吹きかけた。

「んぁ？　くさっ、え……な、なん……て、てめぇ……」

途端に、彼女は戸惑うように目を見開いたかと思うと、ガクガクと身を震わせる。そして、俺の身にすがりつきながら、彼女はずるりと足下から崩れ落ちた。

スタンクラウド——麻痺毒を含んだ小さな雲を俺と彼女の間に発生させ、彼女の鼻先へと吹きかけてやったのだ。

彼女も精霊魔法は警戒していただろうが、これは流石に予想出来なかったはずだ。前提となる知識がないのだから、不意打ちもいいところである。

ただ、気になるのは彼女が最後に発した一言。

「くさっ？」

スタンクラウドは無臭である。

（え？　も、もしかして……俺、臭い……のか？）

思わぬ反撃を受けて凹む俺。自分の臭いは自分ではわからないのだから、もしかして臭いんじゃないかと、ヤな感じの不安だけが取り残された。

「あはは、なるほどねー。それで口を気にしてたんだ」

「あの……ザザ。俺、臭くないよね？」

不安げな顔をするオズくんがとても可愛く思えて、ついつい意地悪をしたくなる。

「大丈夫、大丈夫。アタシ、オズくんのにおいは好きだし」

「やっぱ、臭いんだっ!?」

「オズくんの場合、臭いも大英雄だから」

「それ、暗に無茶苦茶臭いって言ってるよね！」

ベッドから飛びのいて距離を取ろうとする彼の手を掴んで、アタシは笑顔で首を振った。

「あはは、ウソ、ウソ、冗談だってば」

「勘弁してくれよ……」

ホッと胸を撫で下ろすオズくんはやっぱり可愛い。大英雄かどうかなんて、本当にどうでも良くて、アタシは、ただただ彼が愛おしかった。溢れ出るそんな想いを持て余して、覆い被さるように彼と唇を重ねる。

「もし本当に臭かったら、こんな風にキスしたいとか思わないし……」

最初は啄むような口付け。唇の感触を味わいながら、アタシは静かに目を閉じた。

「んっ、んんっ……んふっ、んっ、んんんっ……んじゅるっ、んんんっ……」

大胆に絡み合う二人の舌。唇と舌が織り成す甘美な刺激に背筋がゾクゾクした。自分でも不思議なぐらいに昂っている。もしかしたら、クロエが彼のモノになったことを意識してしまっているのかもしれない。

　嫉妬していないと言えば嘘になる。オズくんがアタシ独りに繋ぎ止められるものではないこともわかっている。それでも彼のことを一番気持ちよくできるのはアタシ、そう思いたかった。

　キスをしながら胸をはだけ、もどかしく思いながら彼の腰からベルトを外し、ズボンから逞しいモノを引っ張りだすとゆっくりと手を上下させる。

　彼のモノはすでに硬く張り詰め、火傷しそうなほどに熱かった。先端から滲み出る雫を肉幹に塗り広げると、浮き上がった血管の感触が指先に生々しい。

「っ、んっ……」

　硬く張り詰めたモノを扱き上げると、膨れ上がった快感に彼はわずかに声を震わせた。

「ぷはっ……ちょっと激しくし過ぎた？」

「いや、気持ちいいよ、ザザ」

「じゃあ、もっと気持ちよくしてあげる」

　アタシは、そう口にすると身を滑らせるように彼の足の間に移動して、膨れ上がった先端に舌を這わせる。途端に彼がピクンと腰を震わせた。

「ぐっ……」

「れろっ、れろれろっ……れろちゅぱっ、れろろろろっ……」

　舌に広がる体液の味に嬉しさがこみ上げる。愛する男の子に尽くしている。そう思うと下腹部が火照って、身体が燃えるように熱くなった。女の悦びがお腹の奥から湧き上がって、子宮をジンと疼かせる。

「いいよ、ザザ。気持ちよすぎて、気を抜いたらすぐイキそう」

「いつでもイっていいよ。オズくんのエッチなミルク、全部アタシに呑ませて」

アタシは、口でしてあげるのが一番好きだ。彼に尽くしている。そんな満足感が堪らない。

もちろん、挿れられるのも嫌いではないけれど、奥を突き上げられると快感に我を忘れてしまって、わけがわからなくなってしまう。いやらしい肉棒を咥えながら、いつもりりしい彼の表情が快感に崩れるのを見上げていると、本当に幸せな気分になるのだ。

アタシは亀頭を咥え込み、激しく頭を上下させる。

「んっ、んちゅっ、ちゅぱっ！　れろっ、んんっ、ちゅううっ！」

「はあっ、ザザっ！」

唇で激しく扱き上げると、オズくんの手がシーツを握りしめる。一秒でも長く快感を味わいたいと思ってくれているのか、下腹部と足に力をこめて、必死で射精を堪える姿がまた愛おしかった。

「んふっ、んちゅるっ、じゅるっ！　んふっ、れろっ、れろれろっ、ずずずっ！」

(オズくん、アタシで気持ちよくなって！　いっぱい、いっぱい、気持ちよくなって！)

心の中で語りかけつつ、猛然と口淫奉仕を続けていく。深夜の寝室に彼のかすかな呻き声と淫靡な水音が木霊した。

「っ……ザザ、また上手くなったんじゃない？」

「うれしい。何回でもイかせてあげる。アタシでいっぱい気持ちよくなって」

ほめられると思わず顔がにやけてしまう。奉仕にもますます熱が入るというものだ。

やがて彼が「うっ！」と短く声を洩らし、怒張がビクンと脈打った。

ビュッ、ビュビュッと矢継ぎ早に噴き上がる絶頂の証し。熱い白濁液が喉を打ち、アタシは思わず目を白黒させる。

（ああ、オズくんの精液ぃ……すごい勢い、溺れちゃいそう）

口内を埋め尽くさんばかりに溢れ出る白濁液。でも絶対に零したりなんかしない。そんなもったいないことしたくない。粘つく液体の濃厚な味とその生臭さに頭の奥がジンと痺れた。

（ああ、幸せ、幸せぇ……嬉しすぎてアタシまでイっちゃいそうだよぉ）

愛する少年の精液を飲んでいるのだと思えば、絶頂にも似た恍惚が身体の隅々まで満ちていく。

最後に残ったモノをズズズと吸い出して彼のモノから口を離すと、赤黒い先端と私の唇との間に白い糸が引いた。

「うふっ、いっぱい出たね。気持ち良かった？」

「うん、最高」

満足げな彼の笑顔を目にして、喜びが胸を覆い尽くす。もっともっと彼を喜ばせたいという想いが切羽詰まったような欲求として湧き上がってきた。

「じゃあ、次はこっちで楽しんで」

アタシは身を起こすと、膝立ちになって彼の腰を跨ぐ。そして、射精直後の若勃起を掴んで上向かせ、濡れそぼつ秘唇へと宛がった。前戯なんて必要ない。私のココはもう、彼のモノが欲しくて欲しくて、浅ましく涎を垂らしている。

「い、挿れちゃうからね」

「ああ」

ゴクッと生唾を呑みこんで、ゆっくりと腰を沈めていく。柔らかな女の穴へと彼のモノ、その赤黒い先端がずぶずぶとその身を埋めていく。

「んっ、んんっ……」

（ああっ、やっぱりオズくんの……大きいっ！）

狭い膣道を押し拡げられる感覚はいつも通り甘美で、愛する者とひとつになれる悦びに満ちていた。足りない空間を埋められる充足感は何物にも代え難い。

「んんっ、あぁああぁあっ！　はぁ、はぁ、入ったよぉ……はぁあ……」

腰を落としきったアタシは、だらしなく笑み崩れそうになるのを我慢しながら、大きく吐息を漏らす。彼の雄々しさを噛みしめ、あらためて彼の妻になれた悦びで胸をいっぱいにした。少し前までは想像もできなかった性の悦び。子宮口を圧迫される息苦しさでさえ愛おしく思える。

「ザザのは、優しく包みこんでくれるみたいで入れてるだけで安心する」

「うれしい」

私は、ゆっくりと腰を前後させ始めた。

「んっ、あっ、んんっ……」

動きに合わせて、フリルで飾られた夜着の裾が閃く。

（ああっ、擦れる……すごいぃ……）

膣内では雁首によって肉襞が、膣外では恥骨によってクリトリスが擦り上げられ、二種類の異なる悦楽に意識が甘く蕩けた。

「んっ、んぁっ……どう、アタシの腰遣い、気持ちいい？　んっ、んあ、んんっ……」

蕩け切った頭。ぼんやりした意識のままに問うと、彼が柔らかく微笑んだ。

「気持ちいいよ。それに、気持ちよさそうなザザの顔、すごくエッチで興奮する」

彼は寝ころんだまま手を伸ばし、おっぱいをむんずと鷲掴みにする。アタシの膨らみがむにゅっと卑猥に歪んで、思わず吐息が洩れた。

「あん、オズくぅん……」

もみもみと指を使いながら、彼が楽しげに口を開く。

「ザザのおっぱいは揉み甲斐があるからいいよね」

「えー？　誰と比べて？」

「う……」

少し意地悪をすると、彼は気まずそうな顔をする。そして、その気まずさを誤魔化すように、彼の手の動きが速くなった。

「あっ、んあっ、んんんっ……」

「ザザ、おっぱい吸わせて」

「うん、いいよぉ……」

彼が胸から手を放し、アタシは上体を倒してベッドに手をついた。眼前に乳房を晒すと彼は我慢できないと言わんばかりに乳首へと吸い付く。

「あぁん……」

乳首を中心に波紋のように広がる快感。ピクン、ビクンと腰が跳ねる。彼は膨らみを揉みしだきながら、右から左、左から右へと交互に授乳器官を舐めしゃぶった。

「あんっ、オ、オズくん、好きなだけ吸っていいからね。あ、あ、あ、あっ、いいっ……このおっぱいも全部オズくんのものなんだからぁ……」

甘ったるい声を上げつつも、アタシは腰の動きは休めない。だって、愛する旦那さまを気持ち良くするのがアタシの役目なのだから。

満足いくまでおっぱいを舐めしゃぶった彼は、アタシを抱きしめると、ゆっくりと上半身を起こして対面座位の態勢になる。

「こうやって抱き合うと、恋人同士って感じがするね」

「恋人同士ぃ……んんっ、れろっ……んふぁ、んむむっ、じゅる、ふぅうんっ……」

恋人同士という言葉には憧れがある。恋人と呼ばれる間もなく彼の妻になってしまったのだから余計にだ。

情熱的なディープキスを交わしつつ、愛し愛される喜びに浸りきる。

「んっ、ザザが可愛すぎて、俺もう我慢できないよ」

悪戯っぽくそう口にして彼は、ベッドの反発を利用して、抱き合ったまま激しく突き上げ始めた。

「ひっ！　こ、こんないきなり、ああっ！　んあっ、は、激し、あっ、あっ、はぁあんっ！」

胡座を掻いた彼の上で、上気した肢体がゆさゆさと弾む。アタシは彼の腰に両足を絡ませてしがみつき、ぎゅっと目を閉じて真下からの衝撃を受け止めた。

(あぁあっ！　串刺しにされてるみたい……き、気持ちいい)

濡れに濡れた蜜襞を激しく擦り上げられる快感。その上、子宮口へ勢いよく衝撃を与えられては、もはや冷静ではいられなかった。

(ああっ、これ激しすぎる！　何も考えられなくなる。おかしくなっちゃう)

理性がゴリゴリと削られて、目の前がチカチカして頭の中が白く霞む。

「あぁんっ、ダメっ！　あっ、すごっ、ひゃぁっ、んあ、ああっ、はぁあんっ！」

必死に彼にしがみついて、アタシはされるがまま。

「あんっ、も、もうっ、あ、あ、あ、あっ、ダメっ、おかしくなっちゃうよぉ！」

「まだまだっ！」

上下運動が止まったかと思うと、彼の腰が緩やかな円を描き出した。

「あぁあああっ！」

先端が子宮口を捏ねるとその動きに合わせて目の前で極彩色が飛び散る。最奥をねっとりと擦り上げられる愉悦に意識が甘く蕩けた。

(なにこれっ、す、すごすぎるぅ……)

「ほら、もっと奥、感じさせてあげる」

「ああっ、オズくんっ！　そ、それヤバっ……ダメッ、ダメダメダメ……あぁあああっ！」

桁外れの悦楽に、身体中の毛穴という毛穴が開くかのような錯覚に見舞われる。全身から力が抜けて、全力でしがみつかないと後ろへ倒れてしまいそうになった。

「あ、ほ、ホントにダ、ダメだからぁ……」

イヤイヤと首を振るアタシ。彼がその唇を奪って、ねっとりと舌を絡めてくる。

(ああっ、本当にヤバいんだってばぁ……)

子宮口を責め立てられながらの熱烈な口付け。脳裏が白く霞んで、もはや思考能力はほとんどない。感情の赴くままに舌を絡め続けると、官能のボルテージが急速に上昇曲線を描いていった。

「んあっ！　はぁ、はぁ……オズくん、ア、アタシっ、もう……」

唇が離れると、アタシは懇願するように彼を見つめる。もはや自分がどんな顔をしているのかもわからなかった。きっと、すごくいやらしい顔をしているに違いない。

「いいよ、一緒にイこう」

彼は、アタシを抱きしめる腕に力を込めると、再び激しく腰を突き上げ始めた。

「ひぃいいいっ！　あ、あ、あ、あ、あっ！　射精《だ》して！　アタシの中いっぱいにしてぇええ！」

「イくよ、ザザ！　くっ！　射精《で》るっ！」

彼の叫びと共に、アタシの最も深い場所で、熱い飛沫が猛然と噴き上がった。

「ああっ、すごいっ、射精《で》てるぅうう！　ああっ、イクっ、私、イクぅううううっ！」

高らかに絶頂を歌い上げ、アタシはギュッと両手両足に力をこめて彼を抱きしめる。

（ああ、熱いっ……精液が溢れてるっ……ああ、幸せ……幸せぇ……）

彼のためだけに存在する器官に放出される熱い飛沫、いつもながらこの瞬間は、女に生まれて良かったと思う。めくるめく快感もさることながら、愛する旦那さまの愛を我が身で受け止められるのは何よりの幸せだと思うのだ。

「ううっ、締まる……」

絶頂による不随意の締めつけに彼が表情を歪める。脈打つ怒張からは断続的に精が放たれ、胎内を満たしていった。

「はぁ、はぁ……」

二人の吐息が部屋の内側を埋め尽くし、アタシたちは互いに身を預け合う。

アタシは、四人の妻の一人。

この先、彼はもっと多くの妻を娶ることになるのだろう。それでも、彼のことを一番気持ち良くしてあげられるのはアタシ、そう思いたかった。

「キコさま、少しは落ち着かれたらいかがですの？」

「あ、ああ」

苛立ちのあまり、ウロウロと室内を往復する俺に、キャリー嬢が呆れ顔を向ける。

俺がこんなに苛立っているのは、あの劣等属性どものせいだ。

あいつらが今日、迷宮《ダンジョン》に降りたのは知っていた。担任の眼鏡女が教室に掲示されている攻略予定表に書き込んでいたからだ。

眼鏡女が書き込んだ連中の予定は第一階層周回。他の連中と彼女の話に耳を欹《そばだ》てていると、あくまで様子見のため。そう言っていた。だが、親父の息のかかったアカデミー職員からの報告によると、あの劣等属性どもは、いきなり三階層までの攻略を済ませたというではないか。

通常、『迷宮攻略《ダンジョンアタック》』はどれだけ早くとも準備に一週間ぐらいを掛けて開始するもの。あの劣等属性どもは、そんな常識もお構いなしだった。

「……のんびりしてていいのかよ」

使用人たちも寝静まった深夜の居間。俺が向かいのソファーに腰を下ろすと、キャリー嬢は手にした紅茶に口を付けて、微かに笑顔を浮かべる。

「良いではありませんか。私たちのために最短ルートを開拓してくれているのですから。そんな泥臭いことは、キコさまや私のような高貴な人間がすることではありませんわ」

「だが……」

勝手に入れられたグループはこの女を除けば、どいつもこいつも落ちこぼればかり。そもそも最下級クラスなのだから当然といえば当然なのだがあんな連中、何の戦力にもならない。

「ああ、同じグループになった方々が不安なのですね」

彼女に胸の内を言い当てられて、俺は思わず目を丸くした。

「私たち二人で攻略を済ませてしまえば良いことですわ。先生に確認いたしましたけれど、攻略時にグループ全員がその場にいなければいけないというルールはないそうですから」

「……そういやあ、そうか」

「ええ、むしろ私たち二人だけの方が動きやすい。シスターたちを泳がせるだけ泳がせて、良いところだけを私たちがいただく。それが頭の良い人間のやり方ですわ。世の中には搾取するものとされるものの二種類しかいませんの」

俺は、思わず口元を弛める。

「悪い女だな、アンタ」

「賢い女と仰っていただきたいところですわね」

やはり運は俺に味方している。あの腐れシスターの雷撃をあっさりと消滅させた力量といい、頭の良さといい。この女は正に俺に相応しい相方だと言っても良いだろう。

「それで、キコさま。昨日、お教えした『光学迷彩《カモフラージュ》』はマスターできまして？」

「ったりまえだ。舐めんな」

精霊魔法はイメージの世界。目の前で実際にやってみせて貰えば、精霊力が不足していない限り充分に再現できる。風属性だからこそできる魔法。空気の層を操って光の反射角を歪め、姿を消す魔法だ。

「うふふ、流石ですわ」

彼女は立ち上がったかと思うと、俺の隣へと席を移し、しな垂れかかってくる。

「キコさまにだけ、本当のことをお教えしておきますわね」

「本当のこと？」

そっと耳打ちする彼女を俺は訝《いぶか》しむ。

「ええ、私がここへ留学した本当の理由……実はあの地下迷宮《ダンジョン》には、大英雄オズマの遺産がございます。そして、私はその鍵を手に入れましたの」

「な⁉　オズマの遺産だと！」

「ええ、それも……その在処《ありか》は最下層ではなく、我々の目指す第十階層ですわ」

「待て待て待て！　聞いたことないぞ、そんな話！」

「それはそうでしょう。高祖フェリアに精霊魔法を手ほどきした長老ズンバ、その子孫にのみ伝わるお話でございますから」

「長老ズンバの子孫？　それをどうしてお前が知ってるんだ？」

「口を割らせる方法は、いくらでもございますので」

うっすらと微笑む彼女。その表情は恐ろしく酷薄に見えて、背筋に冷たいものが走った。

「オズマを大英雄たらしめた遺産。私たちがそれを手に入れれば、キコさまは大英雄オズマ以来の英雄として。私もまた、ビューエルの次期女王の地位を盤石のものに出来ましょう」

「オズマ以来の英雄……」

思わず口にすると、後から興奮が湧き上がってくる。

「ふふっ……それはいい。いいぞ！」

（そうだ！　英雄という呼称は、この俺様にこそ相応しい！）

この女は最高だ。そう思った。俺の価値をわかっている。そう思った。

俺は、キャリー嬢の肩を抱き寄せる。最高の男であるこの俺様に相応しいのは、この女だ。

胸に手を伸ばすと、彼女はそっとそれを押し退ける。

「私を好きに出来るのは、英雄だけ」

「なら……」

「まだ、ダメですわ。ちゃんとオズマの遺産を手に入れてから……新たな英雄の地位と私を同時に手に入れることを想像してみてくださいまし」

この世で最も尊い者とされるオズマ。俺がそれに成り代わり、この女を好き放題にできる。

そう思うと喉の奥から笑いがこみ上げてくる。

「あのシスターたちに十階層までの最短ルートを探させ、私たちは何の苦もなくそこに降り立ち、そしてここぞというタイミングで……」

「……横から全てを搔っ攫う」

あの劣等属性どもの顔が悔しげに歪むのを思い浮かべると、笑いがとまらなくなった。

第七章　シスター追跡

（あの暴走シスターが、やられっぱなしで黙ってる訳ないよなぁ……）

自分でやっておいてなんだが、俺は非常に重い気分をぶら下げて、アカデミーへと登校する。

あの跳ねっ返りが無様に昏倒させられたままで終わる訳がない。突っかかってくるのは、もはや火を見るよりも明らかだ。

問題は、じゃあどうするかってこと。いっそのこと、あの暴走シスターの望み通りに決闘して、はっきり白黒つけた方がいいんじゃないかとすら思う。

（戦うとすれば、精霊魔法だけでも対処できなくはないけど……キツいのはキツいよなぁ）

一応、対応策はあるが、ぶっつけ本番。光の速さで突っ込んでくる相手を仕留めるのは、並大抵のことではない。

やり合うなら非公開にして、古代語魔法を使える状態が望ましかった。

（あのシスターだけなら、魔法のことは適当に誤魔化せるだろ。見るからに大雑把な性格だし）

ところが、授業が始まる時間になっても、あの暴走シスターが登校してくる様子はない。

（もしかして……麻痺雲《スタンクラウド》が効きすぎたのか？）

三百年前とは魔力の効果は段違い。あまりにも威力がありすぎるので、かなり手加減したつもりだったのだが……。

だが、いつまで経ってもシスターアンジェが現れる様子はなく、授業開始の時間が少し過ぎたところで、アルメイダ先生が慌ただしく教室へと飛び込んできた。

どこか悲愴な顔をして、キョロキョロと教室の中を見回す先生。そして彼女は、俺の姿を見つけると、息を切らして駆け寄ってきた。

「オズくん！　アンジェリーナさんが独りで地下迷宮に潜ったみたいなんです！」

「は？」

俺は、思わず首を傾げる。

本来、シスターが座っているはずの席の向こう側で、ミュシャが慌てふためいて口を開いた。

「な、な、なんで？　先生！　午後までは迷宮の扉、閉じてるんじゃなかったんですか？」

「ええ、そうです。そうなんですけど、どうやら閂のかかった扉の隙間を稲妻化《サンダナイズ》の固有魔法ですり抜けて侵入したらしいんです」

「なんだよ、それ……」

俺が思わず頭を抱えると、話が聞こえたのだろう。ザザとクロエもこちらへと駆け寄ってきた。

「少なくとも既に、五階層まで到達しているらしいんです。五階層目の係員の連絡で発覚しましたので」

「あの暴走シスターめ……なんでそんなこと……」

俺が呻くと、アーヴィンが苦虫を噛み潰したような顔をする。

「目的はたぶん、オズマの遺骨ね」

思わずきょとんとする俺。だが、ザザやクロエ、ミュシャ、そして先生までもが頷いている。

どうやら、アーヴィンのこの発言は、さほど意外なものではないらしい。

「教会は以前から、迷宮《ダンジョン》の一般開放を訴えていましたよね？」

「そうよ、もちろん王家としては、絶対に了承できる話じゃないけど」

クロエの問いかけに、アーヴィンが大袈裟に肩を竦めた。

「大英雄オズマの遺骨は、大聖堂にて祭祀すべき……でしたっけ？」

「ええ、教会はずっとそれを主張してきましたからね。奪取のチャンスを窺っていたのでしょう」

クロエが呆れたような顔をすると、アルメイダ先生が神妙な顔をして頷く。

俺としては呆れて物も言えない。

(俺の遺骨の奪い合いって……全く、死んでる人間の身にもなってくれっての)

「なんで、そんな奴編入させたんだよ……」

俺が思わず唇を尖らせると、アーヴィンがこっそり耳打ちしてくる。

「たぶん……お母さまはオズに、あのシスターを五人目の妻として娶らせようとしているんだと思うわ」

「は？　いや、それは流石に……」

「だって、教会側の最高戦力だし、オズの妻として王家の側にそれを引き込めればって……それぐらいは考えるでしょうね、お母さまなら」

「いや、俺が娶ったって王家側とはいえないだろ？」

「忘れてるみたいだけど、私を娶った時点でオズも王家の一員なんだけど？」

「う……」

思わずおかしなものを口に放り込まれたような顔になる俺。

ヒソヒソ話を続ける俺とアーヴィンに怪訝そうな顔を向けながら、アルメイダ先生が口を開いた。

「一応、捜索隊を出す準備を整えていますけど……捜索隊が入った時点で、アナタたちは一律落第扱いとなります」

「ちょ、ちょっと先生！　それは理不尽すぎるでしょ!?」

ザザが身を跳ねさせると、先生は申し訳なさげな顔をする。

「残念ですけれど、フレデリカ姫殿下の……ひいては女王陛下の御意向ですので。っていうか、ぶっちゃけ私も降格や減給はいやなんです」

「そこはぶっちゃけちゃダメなところ！」

「どうしますか？　アナタ方がチームメイトを連れ戻しにいくというのなら、今からでも迷宮への立ち入りを許可しますけれど？」

先生がそう口にすると、ザザとクロエ、ミュシャ。そしてアーヴィンが「どうする？」と言わんばかりに、一斉に俺の方へと目を向ける。

「あーもう！　行きます！　行ってやりますって！　あのバカシスターのケツを蹴り上げて、迷宮《ダンジョン》から連れ戻してやりますから！」

この時、俺の視界の隅には、キコと例の編入生が意味ありげな視線を交わす姿が入っていた。

（こいつら……人の不幸を楽しみやがって）

そんな軽い腹立たしさを覚えはしたが、この時点ではまさか、この二人があんな暴挙に出るとは、欠片ほども思ってはいなかったのだ。


手早く迷宮攻略の準備を整えると、俺とアーヴィン、クロエとザザ、そしてミュシャの五人は、アルメイダ先生とともに足早に迷宮の入口へと向かう。

「アンジェリーナさんが迷宮に侵入したのは、推測ですが今から三時間前、つまり九時間後には捜索隊が入ることになります。タイムリミットは九時間です。いいですね」

言いたいことは色々あるが、ここで愚痴っても仕方がない。

俺たちは頷きあって、迷宮へと足を踏み入れた。

まずは、昨日見つけた三階層への直通路を開いて滑り降りる。

前回同様、水の中に落ちてずぶ濡れになったが、今回は水属性の二人が一緒だ。

ザザとクロエに、衣服から水分だけを取り除いてもらって、俺たちはすぐに行動を開始した。

「四階層へ降りる階段は、まだ見つけてなかったよな？」

「ええ……でもこのフロアの半分までは調べ終えてるから、それほど時間はかからないと思うけど」

俺の問いかけに、アーヴィンがそう応じる。

（でも、このフロアはなぁ……）

一部屋ごとに俺のメンタルをゴリゴリ削ってくる彫像の数々。しかも、妻ではないミュシャが一緒なのだ。俺の正体を知られる訳にはいかない以上、平然とした態度を保たなければならない。

「急ぐわよ！」

「うん、行こう！」

「ええ！」

「あ、ま、待ってよぉ！」

駆け出すアーヴィン。それを追って走り出すザザとクロエ。遅れながら着いていくミュシャ。

最後に重い足取りで駆け出す俺。

そして、最初に飛び込んだ部屋にあった巨大な彫像を目にした途端、平静を保たねばならないという思いも虚しく、思わず俺は崩れ落ちた。

「これは……大英雄オズマさまと大バルサバル卿の友情をモチーフにした像ですね。我が家の庭園にもありますが、これはかなり出来がよろしいようです」

そんな説明をしてくるクロエに、俺は思わず非難がましい目を向ける。

だって仕方がないじゃないか。

どこの世界に互いのち〇ぽを握り合う友情があるというのか。

「地獄かよ……」

「え、どうしてです？　かっこいいと思いますけど？」

「熱い友情って感じだよね」

俺の呟きにクロエが応じ、ザザが頷く。

(やっぱりこの時代の人間って頭おかしいよな……)

だが、これは序の口でしかなかった。

一部屋移動するごとに、俺のメンタルをゴリゴリ削ってくる彫像の数々。

第三階層で探索を開始してから十七部屋目。今、俺たちの目の前にあるのは、もはやオズマ像と呼ぶのもおこがましい、天井につかえるほど巨大な勃起チ〇ポ像である。

もはや、ただの男根崇拝でしかない。

伝聞と想像、時間経過による事実の歪曲。芸術としての昇華、写実主義の限界を超えて抽象化、ディフォルメ。その経過は学術的に興味がないわけではないが、ディフォルメしきった結果が、このオズマ＝チ○ポという帰結の仕方は、本当にどうかと思う。

思わず肩を落とす俺と、何を思い出したのか揃って頬を赤らめる三人の奥さん。そしてそんな俺たちを眺めて、ミュシャが不思議そうに首を傾げた。

だが、この地獄ももう終わり。その巨大チ○ポ像のすぐ脇に、下層へと続く階段を見つけたからだ。

（まさか、次の階層もこんな感じじゃないだろうな……）

そんな不安を抱えながら第四階層に降りると、階段のすぐ脇で係員らしき男が気絶していた。恐らく、あの暴走シスターにやられたのだろう。

（ほんと、無茶苦茶だな……）

命に別状がないことだけは確認して、その係員をテントに放り込み、俺たちは先を急ぐ。正直、時間にそれほどの余裕はないのだ。

階段のある部屋から通路に出ると、ミュシャが「わ！　な、何これっ！」と驚きの声を上げた。

床や壁自体が、淡い緑色に発光していたからだ。

「精霊力は感じませんね。自然現象なのでしょうか……」

クロエが壁を眺めながらそう呟く。確かに精霊力は感じない。だが淡く魔法素子の揺らめきを感じる。あまり一般的ではなかったが俺の生きていた時代に、確かにこういう照明を設置している施設はあった。いわゆる火気や陽光を嫌う貯蔵庫の類である。

「天井高いし、通路広いし、なんだか……三階層までと雰囲気全然違うよね」

ザザが周囲を見回しながら、そう呟いた。

確かに通路はこれまでよりも広く、幅は手を広げた大人が三人は並べるほどもある。天井もやけに高い。これが意味するところは明らかだろう。

「……それなりに大型の守護者《ガーディアン》がいると思った方がいいだろうな」

「でしょうね」

俺の呟きに、アーヴィンがそう応じる。

案の定、わずか数ブロック進んだだけで、前方に俺たちを待ち受ける獣の影があった。緑の淡い光にわだかまる影、薄暗い通路の向こうで異形のシルエットが身を震わせる。

があぁああっ！　と、肉食獣らしい咆哮が響き渡って、ミュシャが「きゃっ」と短い声を洩らした。

「なに……あれ？」

「なんて不格好なのかしら」

暗闇の中からゆらりと姿を現した獣を目にして、ザザが声を震わせ、アーヴィンが眉を顰める。

巨大な獅子、その肩からとってつけたように山羊の頭が突き出し、背中には蝙蝠の羽、蛇の尻尾が背後でゆらゆらと揺れていた。

田舎の子供が考えた『最強の生き物』みたいな造形の化け物である。

（キマイラとは、また……懐かしいものが出てきたなぁ）

俺の生きていた時代、一部の好事家連中の屋敷で、番犬代わりに飼われていたものだ。魔法生物ゆえに魔法への耐性は高く、契約で縛れば主人には従順。その上、人語を解し、簡単な魔法を使用できて、戦闘力もそれなりに高いのだ。

デメリットは、見た目が気持ち悪いことと、頭ごとに好む食べ物が違うので、エサ代が結構かかることぐらいである。

身構えようとすると、アーヴィンが俺の肩を掴んだ。

「私たちで相手するから」

「シスターアンジェと対等にやりあえそうなのはオズくんだけだしね」

「そうです。温存ということで」

「……がんばってね」

そう言って、ザザとクロエが前へと歩み出て、ミュシャは怯えるように俺の背に隠れる。

良くも悪くも自分が足手まといであることを理解しているミュシャはともかく、彼女たちにも思うところがあるのだろう。

実際、ここで戦闘経験を積むのは、彼女たちにとっても悪いことではない。いざとなれば手を貸すことはできるのだから、素直に好意に甘えることにした。

「キマイラの主な攻撃は口から吐く炎だ。それと山羊の頭が唱える古代語魔法！」

「了解っ！」

　ザザがそう口にして駆け出すのとほぼ同時に、獅子の頭が大きく咆哮を上げ、顎の奥で炎が揺らめいた。

「させないよ！　水流刃《ウオーターカッター》！」

　駆けながら、ザザが手刀を払うと、半月形の水の刃がキマイラへと襲い掛かる。吐き出される炎のブレスと水の刃がぶつかりあって、盛大に水蒸気が湧き上がった。

　白く煙る通路。怯むキマイラ。山羊の頭が低い声で詠唱を開始して、魔法素子が収束していくのが見える。叫ぶようにザザが大声を上げた。

「クロエッ！」

「まかせて！」

　ザザを追い越すように飛び出したクロエの背中から幾本もの水の触手が飛び出して、今まさに魔法を発動しようとしていた山羊の頭を殴打した。

　キマイラがよろめくのと同時に、アーヴィンが甲高い声で叫ぶ。

「二人とも退《ど》きなさい！」

　ザザとクロエが慌ただしく左右に飛びのくやいなや、アーヴィンの手の中で収束していた、粘度の高い炎の球体が撃ちだされた。

「溶岩弾《マグマショット》！」

　キマイラの身体に着弾した途端、球状の炎は弾け、灼熱の粘液となって纏わりつく。必死に振り払おうともがくキマイラ。だが、いかに魔法耐性が強くとも、溶岩をぶっかけられては逃れようもない。

溶岩弾《マグマショット》はアーヴィンのオリジナル魔法だが、継続的にダメージを与えるという意味では、実に性質《タチ》の悪い代物であった。

そして、キマイラはさんざんもがき苦しむように暴れた後、その場に崩れ落ちる。

「やった！　やったよ！」

「うん、やった！」

「ふん、これぐらい、できて当然よ」

ザザとクロエが互いの手を叩きあって歓喜の声を上げると、アーヴィンが誇らしげに胸を反らした。

俺の眼から見ても、実に見事な連係プレイである。これなら少々厄介な守護者《ガーディアン》が現れたところで後れをとることはないだろう。対抗戦の特訓は見事に実を結んでいる。あれだけ人を寄せ付けなかったアーヴィンが連係プレイとは、本当に成長したものだとしみじみと感じた。

なんだかんだ言っても、俺の中身は四十代のおっさんなのだ。保護者目線になってしまうのは仕方のないことである。

（これなら……俺の出る幕はなさそうだな）

その後もキマイラに三度、マンティコアに二度遭遇するも、アーヴィンたちはそれを危なげなく打ち倒し、俺たちは第四階層を攻略。第五階層へと順調に攻略を進めていく。

第五階層に降りた途端、ガーディアンの数は一気に増え、強度も徐々に上がってはいったが、それでも彼女たちにはまだ余裕があった。

そして、第六階層──

階段を下りると、すぐに係員らしい男が駆け寄ってきた。

「キミたちが、あのシスターの所属グループだな！」

「あ？　それが何？」

どこか咎めるような男の口調に、アーヴィンが片眉を跳ね上げて睨みつける。

こういう時の彼女の表情は、実にガラが悪かった。流石はあの女王陛下の娘である。そして、残念なことに俺の奥さんでもあった。

相手が姫殿下だと気付いたのか、それとも単に彼女の眼光に威圧されたのかはわからないが、係員は急に媚びるような態度をとり始める。

話を聞いてみると、あの暴走シスターは彼を締め上げて、下層への近道を教えろと迫ったのだという。

ダンジョン攻略の課題としては有り得ない反則行為だが、そもそも彼女の目的は『オズマの遺骨』であって、アカデミーの成績などどうでもよいのだろう。

「それで、あるの？　近道」

アーヴィンが更に威圧するような態度で係員を睨みつけると、彼はコクコクと頷いた。

「は、はい。十階層に直通で繋がる縦穴がありまして……下までは大聖堂の尖塔ほどの高さがありますので、普通は降りられないのですが、あのシスターは稲妻になって飛び込んでいきました」

アーヴィンは、俺の方へと顔を向ける。

「どうする？　私なら噴射《アフターバーナー》で飛んでおりられるけど、運べるとしても一人が精一杯ね」

あと一人ならば、自動的に俺ということになるが、ミュシャがおずおずと口を開いた。

「わ、私も行けると思う……その、飛べる訳じゃないけど、着地は出来るから。その……風属性の魔法で」

するとアーヴィンが、ミュシャを諭すように口を開く。

「その勇気は、あのバカシスターをとっ捕まえた後、説教ブチかます時に使いなさい。いい？　ミュシャ、アンタが言って聞かせるの、あのバカに。バディなんだから」

はっきり言ってしまえば、ミュシャは足手まといなのだ。

炎属性は防御には向いていない。あのシスターと対峙した時に、俺たちにミュシャを守ってやれる余裕があるかどうかがわからない上に、ミュシャがいることで俺が古代語魔法を使う訳にはいかなくなるのだから。

それでも彼女を傷つけないように言葉を選ぶことが出来るようになったアーヴィンの成長に、少々誇らしい気持ちを覚えた。

係員の後について進んでいくと、通路を分断するように床に大きな穴が開いていた。

「この穴が、十階層に繋がっております」

「これは、確かに言われなきゃわからないな……」

誰がどう見てもただの障害である。いわゆる、落ちたら底に針の山があって串刺しになったりする類《たぐい》の罠。その穴は、そんな雰囲気を醸し出していた。

「盲点といえば、盲点だけど……」

「うん、わざわざ自分から落ちようという人もいないでしょうし……」

ザザが呆れたような声を漏らすと、クロエが苦笑いを浮かべる。

「……かなり深いな」

さっき係員は尖塔の高さほどもあると言っていたが、嘘では無さそうだ。覗き込んでみても真暗で底の方は全く見えない。

「試しに溶岩落としてみようか？　照明代わりにはなるんじゃない？」

「気軽に落としていいもんじゃないだろ、溶岩は。シスターが下にいたらどうすんだよ」

「それはそれで手間が省けると思うんだけど」

最近炎属性というよりは溶岩属性になりつつあるアーヴィンではあるが、下層がどうなっているかわからない状態で溶岩落とそうという発想はちょっとヤバい。この先、夫婦喧嘩でもしようものなら、気軽に溶岩が飛んでくる未来すら見える。

「それで……オズくん、姫殿下、やっぱりお二人だけで降りるのですか？」

「ああ、噴射《アフターバーナー》で降りられるのは、アーヴィン本人とあと一人だけだしね」

この話については、さっき一旦決着している。一緒に降りるというミュシャを押しとどめ、正規のルートを使って全員で十階層まで降りようと主張するザザとクロエを説得して、俺はアーヴィンと二人だけで、一気に十階層まで降りることにしたのだ。

理由は、時間がないということが全て。

残された彼女たちだけを地上に戻すのは流石に危険なので、俺たちがシスターを連れて戻るまで、彼女たちには守護者が出現しない階段のある部屋で待機して貰うことになる。

「じゃあ、アーヴィン、頼むよ」

「うん、オズは灯りをお願い」

俺が掌の上に炎を引っ張り出して照明を用意すると、アーヴィンが背後から俺の身体に腕を回す。彼女が抱き着くような体勢になった途端、ザザがムッとしたような顔をした。やっぱり、置いていかれるのは不本意なのだろう。

「お気をつけください」

心配そうな顔をするクロエとミュシャに一つ頷いて、俺とアーヴィンは二人一緒に暗い穴の中へと飛び降りた。

夜の海を漂うかのような浮遊感。前髪が吹き上げる風にそよぐ。アーヴィンは飛び降りてすぐに噴射《アフターバーナー》を発動し、俺たちはゆっくりと縦穴を降りていった。

縦穴は想像以上に深い。それでも、アーヴィンのブーツの底から噴出する炎に照らされて、次第に石畳の床が近づいてきた。

　ふわりと降り立った先はあまりにも暗く、手にした炎では周囲の壁面にまで光が届かない。

どうやら、第十階層のこの場所は相当な広さがあるらしかった。

「おーい！　二人とも大丈夫っ！」

　俺たちが石畳の上へ降り立ってすぐに、頭上からザザの声が降ってくる。声の遠さを思えば、
この場所の深さがよくわかった。

「ああ、大丈夫だ！」

　真上を向いて声を張り上げ、俺は背中にしがみついたままのアーヴィンに声をかけた。

「お疲れさま、もう手を放しても大丈夫だ」

「あ、うん……そ、そうね」

　アーヴィンは、俺から離れて周囲をぐるりと見回す
「でも、真っ暗……これじゃ、どこに何があるか全然わからないわね」

「そうだな。ちょっと火力を上げてみるか」

　更に精霊力を注ぎ込むと、俺の掌の上で照明代わりの火球が倍ほども大きくなった。だが、
それでも光の届く範囲に壁は見あたらず、石畳の床以外には見える範囲に何も無い。

「おいおい、なんだよ、ここ。どんだけ広いんだよ……」

　部屋の広さは想像もつかないが、気付いたこともある。石畳の床に刻み込まれた幾本もの線。

巨大な円を描くような形状、見えるのはその一部。そして俺は、その紋様に見覚えがあった。

（魔法陣……か？　これだと相当巨大な物だけど……召喚用ではなさそうだな）

だが、魔法素子の動きに乱れはなく、発動する気配も兆候も見られない。この魔法陣自体は既に機能を失っているのだろう。

（まあ……無視しても問題はなさそうだな）

更に精霊力を注ぎ込み、炎をどんどん大きくしていくものの、一向に壁が見えてこない。

未だに部屋の広さすら掴めず、このままではどちらを向いて歩き出せば良いかすら判断がつかなかった。

「これじゃあ、埒が明かないわね」

アーヴィンが、微かに苛立ちの混じった声を漏らす。

「仕方がない。アーヴィン、一旦火を消すぞ。古代語魔法を使う」

「え？　古代語魔法って……どうにかできるものなの？」

「ああ、もちろん」

俺は掌の上から炎を消し、自分とアーヴィンを対象に『暗視《ノクトヴィジョン》』を発動させた。

途端に、霧が晴れるかのように視界がクリアになって、一気に闇が消え去る。

「すごい！　昼間のように見えるわ！　ねぇ、オズ……出し惜しみしないで、最初からこの魔法を使ってれば良かったんじゃないの？」

「そういう訳にはいかないんだってば。実はこの魔法、とんでもない欠陥魔法で……」

「欠陥魔法？」

「そう、この魔法は暗闇を見通せる訳じゃなくて、光を知覚する能力を何千倍にも引き上げているだけなんだよ。つまり――」

「……他に灯りがあったら、めちゃくちゃ眩しいってことね」

「そういうこと」

実際、炎が視界にある状態で発動しようものなら自爆もいいところ。網膜が焼きついて視力を失いかねないのだ。

「だから、周囲の状況を確認し終わったら、すぐに解除するぞ」

そして、俺とアーヴィンはあらためて周囲を見回し、思わず顔を見合わせる。

「広すぎだろ……」

「……本当、無茶苦茶だわ」

天井はさきほどの六階層の三倍以上も高い。茫漠とした正方形の空間。一フロアほぼ全部がこの一部屋という規模である。周囲に遮蔽物はなく、見える範囲に動くものは何もなかった。はるか遠く、北なのか南なのか、方角はわからないが、俺たちから見て左右の壁にそれぞれ大きな扉が見える。

「どちらかがこのフロアへ正規ルートで降りてくるための階段のある部屋への扉、もう片方が今回の迷宮攻略《ダンジョンアタック》の目的地、『鏡の間』の扉だと思うんだけど……」

アーヴィンが眉根を寄せながら、そう告げる。

俺たちに課せられた迷宮攻略の本来の課題は、この十階層の鏡の間にある石碑、その碑文を一言一句間違うことなく書き写してくることだった。

それも、あの暴走シスターのせいで有耶無耶になってしまいそうなのだけれど。

俺は『暗視《ノクトヴィジョン》』を解除し、あらためて掌の上に照明代わりの炎を引っ張り出した。

「それにしても……なんなのかしら、この部屋は。もしかして、これぐらいの大きさが必要な守護者《ガーディアン》がいるってこと？」

「それはなさそうだけど……」

俺は、思わず考え込む。

(床に描かれた魔法陣は召喚系のものではなかった。大きすぎて把握できなかったが、それは間違いない。むしろ、この大きさの魔法陣を描くために、こんな大きな部屋を造ったと考えるべきか……目的はさっぱりわからないけれど)

そもそも、この迷宮の存在自体がいろいろと矛盾しているのだ。

フェリアが造った俺の墓だというのならば、成立したのは当然、俺の死後であるはずだ。

だが、魔法素子が失われた時点で死に絶えたはずの魔法生物が、守護者《ガーディアン》としてわんさか現れるのはどう考えてもおかしいし、フェリアには古代語魔法を学ぶタイミングなどなかったはずなのだ。俺の生前には既にこの迷宮が存在していて、あの魔法素子が失われる現象、その影響を受けていなかった。そう考えれば無理やり辻褄を合わせることはできるのだが、少なくとも王都の地下にこんな迷宮があるなんて話は聞いたことがないし、あの時代にこんなものを造る技術がある者を考えれば、強いていうなら俺ぐらいのものだ。

だが、いくら考えても現時点では類推できるだけの素材が不足している。それに、今はそれどころではない。

「じゃあ、行くとするか」

俺がそう口にすると、アーヴィンが首を傾げた。

「行くって……どっちの扉？」

「あのシスターの精霊魔法の残光だと思うんだが、右手の扉の方がわずかに明るく見えた」

「そうなんだ？　私にはわからなかったけど……」

俺たちは、向かって右手の扉の方へと歩き始める。

「そういえば、俺の墓があるのは五十階層なんだよな？　シスターアンジェはそこを目指してるってことでいいのか？」

「うん、私たちの想像通りオズマの遺骨が目的ならね。……でもたぶん、鏡の間から先には進めてないと思う」

「そうなのか？」

「うん、鏡の間にあるのは礼拝所だけなんだけど、お母さまは年に一度そこで礼拝するために降りるの。そして、そこから先への進み方を知ってるのは、お母さまと次期女王の姉さんだけだって聞いてるし」

そんな話をしながら、俺たちはどうにか扉へと辿り着いた。見れば見るほど重厚な鉄の門扉。高さは俺の背丈の倍ほどもある。

「……いくぞ」

「ええ」

俺は、アーヴィンと視線を交わして頷きあうと、重い鉄の門扉を肩で押し開け、どうにか通れる程度に開いた隙間から室内へと身を滑り込ませた。


(……何の匂いだっけ?)

オズくんたちが、十階層へと続く暗い穴の中へと飛び込んだ直後のことである。

私――ミュシャの鼻先を、どこかで嗅いだ覚えのある匂いが漂った。

ほんの一瞬のことだったけれど、間違いなく嗅いだことのある匂い。香水のようだが、不快感を覚えるような、押しつけがましいイヤな匂いだった。

やはり、どこかで嗅いだことがある。それも、割と頻繁に。

「それではどうぞ。階段室の方へ」

係員さんがそう促すと、ザザとクロエが複雑そうに顔を見合わせた。

「じゃあ、アタシらは大人しく帰りを待つとしますか」

「まあ、それしかできないしね」

階段のある部屋の方へと歩き始める彼女たちの背を追って、私もまた歩き始める。

（ザザは一緒に行きたかっただろうな……婚約者だし）

明るく振る舞ってはいたが、ザザの声音にはオズくんに着いていけなかった無念さが滲みでていたように思える。ザザほどはっきりとはわからなかったが、クロエもそう。

ならば、私はどうなのかというと、情けなさでいっぱいだった。

みんながここまで来たのは、シスターアンジェを追って。

そして本来、連れ戻すために先頭を切るべき彼女のバディは……私なのだ。

形だけのバディ。それはわかっている。

キコくんに放りだされた私を、シスターが拾ってくれた。憐み——たぶんそうだろう。それまでに彼女と私の間に接点なんて全くなかったのだから、それ以外には有り得ない。

お荷物なのは最初からわかっていた。それでも、オズくんと姫殿下が十階層に降りる時には、勇気を振り絞って自分も一緒に降りようとしたのだ。……バディだから。

だが、姫殿下に止められた。

やんわりと私が傷つかないように気を使って、とてもとても遠まわしに言葉を選び抜いて、『役立たずは来るな』と、彼女はそう言ったのだ。

悔しかったのは彼女の言葉ではない。それにホッと安堵してしまった自分自身に……だ。

（ほんと、何しに来たんだろう……私）

悔しかった。キコくんにあれだけ落ちこぼれと言われ続けても、大して悔しいとは思わなかったのに。今はとても悔しかった。

た。

（あ……!?）

だが、その時である。キコくんの顔を思い浮かべた途端、私はハタと匂いの正体に思い至った。

（整髪油……！）

私は、思わず足を止める。

「あれ？　どうしたの、ミュシャ？」

クロエが振り向いてそう問いかけてきた。だが、もはや返事をするどころではない。

あの匂いはかなり特徴的だ。キコくんがオールバックの髪型を保持するために使っている整髪油の匂いに間違いなかった。それが、オズくんたちが地下へと降りた直後に、私の鼻先を過ったのだ。

つまり、それはあの場に彼がいたということ。

風属性の魔法は上手く応用すれば姿を消すことも可能だと、授業で先生がそう言っていたことを覚えている。私には出来なくとも、彼と彼の現在のバディであるキャリーさんなら、姿を消すこともできるのかもしれない。

そして、元バディの私だからこそ知っていることもある。キコくんは独善的で、本当に手段を選ばない。眉を顰めるようなことも平気でするのだ。

彼があそこにいたということは、明らかにオズくんと姫殿下を相手によからぬことを企んでいるということ。それはもう、疑いようもなかった。

「ダメだよ、そんなの！」

居ても立ってもいられなくなって、私は慌ただしく元来た道へと駆け出す。

「ミュシャ！　どうしたの！」

「待って！　ミュシャ！」

背後でザザとクロエの慌てる声が聞こえた。だが、もう止まる訳にはいかない。


部屋の中は薄暗い。

(鏡の間って割には、普通だな……)

その名称から壁一面鏡張りの部屋を想像していたのだが、そこは他と変わらぬ石造りの部屋であった。

違いと言えば祭壇ぐらいのもの。最奥に設置された祭壇、その両脇にはめ込まれた精霊球が淡い緑の光を放ち、周囲を薄ぼんやりと照らし出していた。

祭壇の前には、祈りを捧げるシスターアンジェの姿がある。

彼女はアカデミーの制服姿でもなく、僧衣姿でもない。対抗戦で目にした黄金《ビキニアーマー》の甲冑姿であった。

俺たちの気配に気付くと彼女はゆらりと立ち上がり、こちらを振り返って「ふん」と鼻を鳴らす。

「よぉ、遅かったじゃねぇか……なあ、姫さまよぉ、ここから先の階への降り方がわからねぇんだ。知ってんだろ？　王族なんだしよぉ」

小馬鹿にするように口元を歪ませるシスターに、アーヴィンは不愉快げに眉根を寄せる。

「知らないわよ、そんなの。さっさと地上に戻るわよ。アンタのせいで落第にされたら堪ったものじゃないんだから」

「バーカ、こんなチャンスは二度と来ねぇんだ。誰が帰るかよ。これまでオズマさまに恋い焦がれながら生涯を終えていった妻たるシスターたち皆、オズマさまと同じ墓に眠りたいにちげぇねぇんだ！　てめぇら王族にオズマさまを独占されて堪るかってんだ！」

そんなことを言われてもオズマ本人としては、どんな顔をして良いのかわからない。

まるで、病床で遺産相続の骨肉の争いを見せられているかのような気分である。

「オズマの妻、オズマの妻って、アンタたちシスターを妻だなんてオズマ本人が認めた訳じゃないでしょ！　せいぜい押しかけ女房かストーカーがいいとこじゃない。ねぇ！　そうでしょ、オズ！」

「俺に振らないで!?」

俺が思わず声を上げるのと同時に、シスターの周囲に殺気が膨れ上がり、空中で紫電がバチバチと音を立てた。

「流石に今の物言いは許せねぇぞ、メス豚……」

「くっ！」

俺は慌ててアーヴィンの前に駆け出しながら、物理障壁の魔法を発動させる。

精霊魔法は魔法防御系の魔法では防げない。あくまで物理現象として対応する必要があるのだ。

(防げるかどうかは賭けだが……)

「死にさらせ！　オズマさまの名を利用する凡俗ども！」

シスターが雷撃を纏った腕を振り上げ、俺たちが雷撃に備えて歯を食いしばったその瞬間
――

「きゃぁあああ！」

「な、なんだ？」

――激しい振動が俺たちを襲った。

「地震!?　いや、違う……これは！」

扉の外、さっきまで俺たちがいたあの広い空間で、異常なほどに魔法素子が集まって膨れ上がっているのを感じる。

俺は、シスターにちらりと目を向けた。この状況の異常さがわかったのだろう。彼女は目があった途端、不愉快げに口元を歪めつつも扉の方へと駆け出していく。

呆然とするアーヴィンをその場に残して、俺も彼女の後を追った。

扉の外に駆け出すと、真暗だった広い空間が妖しい光で満ちている。

「んだよ、これ！」

「くっ……」

(魔法陣が稼働している！)

広大な部屋いっぱいに描かれた巨大な魔法陣。それが妖しい光を放っている。ビリビリと空気を震わせながら、濃厚な魔法素子が魔法陣の内側に止めどもなく溢れ出していた。

第八章　罠

「ひゃはははは！　見ろよ、あのツラ！」

けたたましい笑い声の聞こえた方へと目を向ければ、光を放つ魔法陣の中心で笑い転げるキコと、そのバディ――キャリー・アモットの姿がある。

「……なんなのこれ、ねぇ、オズ」

遅れて部屋から出てきたアーヴィンが俺の背中に身を寄せながら、不安げな声を漏らした。

「……わからない」

わからないのは嘘じゃない。だが、これがとてつもなくヤバいものであることぐらいはわかる。

「てめぇ！　いったい何のつもりだ！」

シスターアンジェが声を荒げると、キコは小馬鹿にするように口を開いた。

「ははっ！　吠えんなメス犬！　オズマの遺産は、この俺様のモンだ！」

「なにぃ！　オズマさまの遺産だとっ！」

驚愕の声を上げるシスターアンジェ。

あー……うん。盛り上がってるところ本当に申し訳ないのだけれど、当の本人からしてみれば、遺産？　何それ？　って感じである。『いさん』と言われても、転生前に胃酸過多に悩んでいたことぐらいしか覚えがない。四十代にもなると色々と身体にガタがくるのだ。

思わず変な顔をしてしまった俺に気付いたのか、キャリー・アモットがキコとシスターの話に割り込むように口を開いた。

「遺産と言われても困る。そう仰りたそうですわね、オズ・スピナーくん。いいえ、大英雄オズマ」

俺の背後で、アーヴィンが息を呑む。一方、キコとシスターはキョトンとした顔になった。

「あ？　何をバカなこと言ってやがる！　オズマさまが、こんなヒョロガキなわけねぇだろうが、人違いにしてもひでぇもんだ」

「いや、キャリー嬢、そりゃいくらなんでも……」

どうやら、この一点に関してはシスターとキコ、二人の意見は一致しているらしい。

だが、キャリー・アモットは肩にかかった黒髪を手で払うと、お構いなしに話を進めた。

「一応、先に言っておきますが、魔法陣に足を踏み入れようなどとは考えないことです。消えてなくなりたければ話は別ですけれど」

「だろうね」

俺は、見せつけるように大袈裟に肩を竦める。

正直、この魔法素子の量はヤバい。供給源はいったいどこなのか？　どう考えても尋常な量ではない。どうにか話を繋いでいる内に対応策を見つけなければと、内心ムチャクチャ焦っていた。

「大英雄オズマ、我が主の覇業成就にとって、アナタは最大の障害なのです」

「主？」

「ええ、我がグロズニー帝国の正統なる皇帝、イヴァン五世陛下のね」

イヴァン五世という名には、もちろん聞き覚えがある。三百年前、エドヴァルド王国に侵攻を企てたグロズニー帝国の皇帝、その人の名だからだ。

(俺と同じように転生した？　いや、名を騙っている可能性の方が高いな……)

俺が考え込むと、シスターアンジェが呆れ顔で肩を竦める。

「おいおい、てめぇ。そりゃ妄想癖もひでぇってもんだ。コイツがオズマさま？　グロズニー帝国だぁ？　バカじゃねぇか？」

「それで、大英雄オズマ、アナタに――」

「無視すんじゃねぇ！」

完全に無視して話を進めようとするキャリーにブチ切れたシスターアンジェが雷撃を一閃。

だが、彼女が放った稲妻は魔法陣に入った途端、バチっと音を立てて雲散霧消した。

「な……」

　シスターの表情が悔しげに歪む。彼女には悪いが、そうなって当然だ。魔法陣に満ちる膨大なエネルギーの前には、彼女の雷撃など静電気程度でしかない。俺にしてみれば、何の驚きもなかった。

「――選択肢を差し上げましょう。自ら命を絶つのであれば、死ぬのはアナタだけ。あくまで抗うというのであれば……」

「あれば？」

「この魔法素子を一気に暴走させます」

「な!?」

　これには、俺も言葉を失った。

　この量の魔法素子がオーバーロードしてしまえば、この国丸ごと吹っ飛んでしまう。

　俺の様子を窺っていたアーヴィンが、不安げに服の裾を握りしめた。

「なあ、最後に教えてほしいことがあるんだが……」

「なんでしょう？」

「この迷宮《ダンジョン》は、いったい何なんだ？」

　俺のその問いかけにキャリーは意外そうな顔をする。だが、俺にしてみれば、これはとても重要なことだ。対応策を考える糸口を掴むためには、まず、その正体を知らねば始まらない。

「一言で言えば爆弾。エドヴァルド王国を破壊するための装置です」

「神聖オズマ王国ではなく、エドヴァルド王国？」

「ええ、私も伝聞でしか存じ上げませんが、三百年前のある日、独りの帝国兵が魔道具を手にエドヴァルド王国へと潜入しました。アナタがマルゴ城砦で帝国軍と交戦していた日のことです」

「……なるほど、そういうことか」

シスターは怪訝《けげん》そうに片眉を跳ね上げ、アーヴィンもキョトンとした顔をしている。恐らく話が見えていないのだろう。

「その魔道具はダンジョンコア。一昼夜にしてダンジョンを生成する制作者不明の魔道具だ。俺も噂にしか聞いたことは無かったが……。そして帝国は王都の地下に仕掛けたこの魔法陣で魔法素子を掻き集め、暴走させることで一気に王都を破壊しようとしたって……そういうことだな」

結果としてその時点では、オーバーロードは起こらなかった。その必要がなくなったからだ。この魔法陣で周辺の魔法素子が根こそぎ奪い取られて、魔法が使えなくなったことで戦力を魔法に依存し切っていたエドヴァルド王国は、抗う手段を失ってしまったのだから。

「ええ、流石は大英雄、話が早い。アナタが王都にいれば、迷宮生成《ダンジョンクリエイト》の異常な魔力を感知しないわけはありませんから……」

「俺が王都から出撃したところを狙ったってことだな。敵ながら大したもんだよ」

思わず俺が首を竦めると、すぐ隣でシスターアンジェが声を震わせた。

「お、おい、てめぇ……あ、いや、まさか、あ、あなたは本当に……」

（しまった……思いっきりオズマとして会話してしまっていた……）

これはもう、流石に誤魔化しようがない。アーヴィンの方へ救いを求めるような目を向けると、彼女も大きく溜め息を吐いた。

「はぁ……オズマよ。伝説の大英雄本人で間違いないから」

「ひっ!?　ひぃいいいいいいい！」

途端に、シスターアンジェは彼女らしくもない半泣き顔で、ガタガタと後退る。

（うん、なんか……ホントごめん）

思わず俺が苦笑すると、キコが怒鳴り声を張り上げながら、キャリーへと突っかかった。

「ちょ、ちょーっとまてぇぇえ！　なんだよ、それ！　オズマの遺産は？　俺の輝かしい将来は？　なに適当なこと抜かしてやがる。オズマの墓なんだろ、ここは！」

すると、キャリーは煩わしげにキコを見据える。

「王家はオズマの墓だとうそぶいているようですが、この階層の下にあるのは、今溢れ出しているコレ。オズマの遺骨ではなく、三百年前に溜めこまれた膨大な魔法素子ですわ」

「な!?　それを暴走させるって……お、俺たちは安全なんだよな？」

「いいえ、死にますわよ。跡形もなく。ほら、ご覧ください」

そう言って彼女は制服のブラウスをはだける。彼女の胸の谷間には魔法陣が描かれ、それが淡い光を放っていた。

「私は、この時の為に育成された、ただの発動鍵《イグニッションキー》ですから。使い捨ての」

「な、な、な……ビューエルの貴族って話は嘘か！」

「ええ、マチュア生まれの帝国遺民。ビューエルには縁もゆかりもございません」

「お、親父は！　親父はこんなこと許さねぇだろ！　親父も騙したってことか！」

「いいえ、あなたのお父上は、我が主の忠実な下僕。主の悲願成就のためなら、喜んで息子の命を捧げる。アカデミー潜入の便利なコマとして使ってくれと、そう仰っておられましたわ」

「嘘だろ、親父……」

愕然とするキコ、だがそれは一瞬のこと。彼は、いきなりキャリーに掴みかかった。

「じょ、冗談じゃねぇぞ！」

キコがキャリーの胸倉を掴むと、彼女はそれを顔色一つ変えずに軽く手で振り払う。途端にキコの身体が、粉を撒き散らしながら足下から崩れ始めた。

「ひっ！　な、なんだ！　なんだこれ！　や、やだっ！　し、死にたく……」

実に呆気ない最後だった。キャリーの足下に粉末状になった「キコだったモノ」が山を形作り、それを呆然と眺めるアーヴィンがゴクリと喉を鳴らす。

「私の固有魔法は風化。痛みを感じる間もなく塵にして差し上げたのは、せめてもの温情ですわ。バディとしての」

(マズいな……教室でシスターの雷撃を掻き消したのも、あの固有魔法か……)

実は、俺の頭の中には解決策が一つ思い浮かんでいる。だが、それには、あの風化という固有魔法が致命的に邪魔だった。要は一撃必殺。だがその一撃をあの魔法で掻き消されてしまったら、今度こそ打つ手がない。

「さあ、そろそろ魔法素子も臨界を迎えますわね。あなた一人の命で済むよう選択肢を用意してさしあげたというのに……本当に残念です」

万事急す。思わず唇に歯を立てた、正にその瞬間——

「うわぁあああああああああっ！」

いきなり魔法陣の中央、キャリーの直上に落下してくる人影があった。

それは、ツインテールの落ちこぼれ少女——ミ・ュ・シ・ャ。

「なっ！」

この不意打ちには、流石にキャリーも冷静さを失った。

慌てて彼女は、落下してくるミュシャに向かって手を振り上げる。あの手に触れたが最後、ミュシャの命はない。だが、この瞬間、キャリーの意識から俺の姿は完全に失われた。

（いまだ！）

「第三階梯改、魔法障壁隧道《マジックシールドトンネル》！」

持てる限りの魔力をつぎ込んで、魔法陣の中央へとマジックシールドをトンネル状に展開、魔法素子に侵されてどんどん砕け散る魔法障壁を必死で修復し続けながら声を上げた。

「シスター！」

「お、おう！」

流石に戦闘センスは天才的、言葉を交わさずとも彼女は俺の意図を理解してくれたらしい。

「雷化《サンダナイズ》！　砕け散れ！　ライトニングチャージ！」

絶叫とともに光の槍へと姿を変えたシスターが、マジックシールドのトンネルを抜け、一気にキャリーの胸の魔法陣を刺し貫いた。

「ぎゃぁあああああああああああああっ！」

途端に、人のものとは思えないような絶叫と共に、キャリーが膝から崩れ落ちると、魔法陣が光を失って溢れ出ていた魔法素子が霧消し始める。

「よし！」

俺が思わず拳を握ると、アーヴィンが「やった！」と興奮気味に声を上げ、宙空で人へと姿を戻したシスターは、落下してくるミュシャを受け止めると、着地するなりいきなり彼女を怒鳴りつけた。

「てめぇ！　弱っちいくせになにしやがった！　あぶねぇだろうが！」

「バディを助けに来たにきまってるでしょ！　この唐変木！」

予想外にもミュシャに怒鳴り返されて、シスターは目を丸くする。

「バカ、アホ、オタンコナス、アンジェのかーちゃんでべそ……」

「いや、でべそって……あのなぁ」

床の上に下ろされても尚、ボロボロ泣きながら罵倒の言葉を並べ立てるミュシャに、シスターが弱り切った顔をする。その様子に俺とアーヴィンは、思わず顔を見合わせて笑った。

「……終わったってことでいいのよね？」

「ああ、たぶん」

倒れ込んでいるキャリーに目を向けると、シスターの一撃がいかに容赦の無いものだったのかがはっきりとわかる。胸から背中へと貫通しきった傷からは、ドクドクと血が溢れ出し、床の上に大きな血だまりを形作っていた。

(まさか……三百年前の魔法が失われた原因を、こんなところで知ることになるなんてな……何とも複雑な気分だ)

感慨に耽る俺。その手をアーヴィンがぎゅっと握りしめた。

「何浮かない顔してんのよ。行くわよ」

「ああ、そうだな」

魔法陣の中央、ミュシャとシスターアンジェの方に歩み寄ると、俺はミュシャにニコリと微笑みかける。

「今回は、ミュシャのお手柄だな」

「ふふん、どんなものよ。ミュシャはやればできる子なのよ。私のお友達なんだから！」

なぜかアーヴィンが、ドヤ顔で胸を張った。

「えへへ」と涙ながらにはにかむミュシャとは裏腹に、シスターが俺の顔を見るなり、思い出したかのように顔を強張らせる。

「あ、あの……ね、念のために、お、お、お伺いしたいのですが、その……本当にオズマさま？」

「違うって言ったら信じてくれる？」

俺がそんな風にはぐらかそうとすると、アーヴィンが呆れ顔で肩を竦めた。

「古代語魔法使ってるとこ見られてるんだから無理でしょ、それは」

「ですよねー」

一難去ってまた一難。幸いにもミュシャは、何の話かよくわかっていないようなので良いとして、問題はシスターアンジェだ。このままでは女王陛下の思う壺。彼女も妻として迎え入れることになりかねない。

さて、どうしたものかと思案し始めた途端——

「なっ⁉」

いきなり膨大な魔法素子が膨れ上がる感覚に、俺の背筋が凍り付いた。

慌てて振り返ると、そこには倒れ込んだままのキャリーの姿。それがメリメリと音を立てて歪んでいく。貫通した傷が広がって、そこに現れた暗い穴がキャリーの死体そのものを呑み込もうとしていた。

「くっ！　ヤバい！　みんな走れ！」

俺が声を上げた時には既に、キャリーの身体はほぼ呑み込まれ終わっており、残された穴だけが宙に浮かび上がって、物凄い勢いで周囲の魔法素子を吸い上げ始めていた。

階段のある方へと一目散に駆け出す俺たち。シスターは稲妻へと姿を変え、一瞬で離脱。続いて噴射《アフターバーナー》で一気に飛び去るアーヴィン。ミュシャだけが遅れている。

「ミュシャ！」

彼女の手を取るべく俺が手を伸ばしたその瞬間――

魔法素子を吸い込み続けていた黒い穴が、いきなり大きく膨らんだ。

「な！」

「きゃあああああ！」

抵抗する暇もなく、一瞬にして俺とミュシャを呑み込む暗い穴。

「オズゥウウウウウウ！」

アーヴィンの悲鳴じみた絶叫が遠ざかっていく。

視界が黒く塗りつぶされ、何処までも落ちていく感覚。シャーリー、アーヴィン、ザザ、クロエ、愛する妻たちの顔が次々と脳裏に浮かんでは消え、最後に俺の意識が闇の中へと呑み込まれた。

エピローグ　合縁奇縁《ストレンジベッドフェローズ》

「う……うぅぅん」

重い瞼を閉じたまま、俺はぼんやりした頭で考えた。

（朝……か？）

大きく息を吸い込むと、鼻腔の奥に血の臭いが蟠《わだかま》る。

（……そうか、俺は処刑場で）

たぶん今、俺は処刑される寸前。きっと、情けなくも気を失って白昼夢を見ていたのだ。

それにしても、長い、長い夢だった。

失ったはずの両手があって、綺麗な女の子たちと結婚もして……とてもいい夢だった。望むべくもない、満ち足りた生活を送っている夢だった。

願望──きっとそうなのだろう。

俺は、静かに目を開ける。そして、ゆっくりと周囲を見回し──首を傾げた。

「どこだ？　ここは……」

ぼやけた視界に飛び込んできたそれは、処刑場の風景では無かった。

どこか遠くで小鳥の囀りが聞こえる。

緑に苔むした細い木の枝を無造作に組み合わせただけの壁、その隙間から洩れ入る陽光。

（……小屋？）

俺は狭い掘立小屋の中にいた。小屋と呼ぶのも躊躇われるような、みすぼらしい代物だ。

隙間だらけの壁際には血抜きを済ませたと思われる兎が二羽吊されている。どうやら血の匂いの原因はこいつらしい。

俺が寝ている辺りには、束ねられた枯れ草がベッドを形作るように敷かれていて、それ以外はむき出しの地面。そこに不器用にも木を組み合わせて作られたテーブルのような物と、体重を掛ければすぐに潰れてしまいそうな椅子のような物が、ぽつんと置いてあった。

（どこだ、ここ？　少なくとも、処刑場ではないみたいだけど……）

状況が上手く飲み込めず、俺は回らない頭で記憶を辿る。

シャーリーやアーヴィン、ザザ、クロエ……彼女達と過ごした日々は、どうやら夢だったわけではないらしかった。

キャリー・アモットの死体に残った魔法陣が暴走。異常な魔力に歪んだ磁場。それが形作った暗い穴に呑み込まれたその瞬間を最後に記憶が途切れている。

（……ミュシャは⁉）

最後に目にしたのは、俺同様に暗い穴へと飲み込まれるミュシャの姿。だが、周囲に彼女の姿は見当たらない。

どうして良いかわからないまま、俺が途方に暮れかけたその時、入り口にぶら下がっているみすぼらしい布をたくし上げて、女の子が一人、小屋の中へと入ってきた。

それは、銀色の髪を持つ幼げな少女。

顔立ちは可愛らしいが、髪もボサボサで酷く薄汚れている。

実際、彼女はみすぼらしかった。胸元と腰周りに、白と黒のボロボロの布地を巻き付けただけ。スラムで膝を抱えている浮浪児でも、もう少しマシなものを纏っている。

だが――

俺は、思わず首を傾げる。どことなく、その少女に見覚えがあるような気がしたのだ。

「あの……」

俺がそう声を掛けると、彼女はちらりとこちらへ目を向けて、忌ま忌ましげに唇を歪める。

そして「ちっ」と、聞こえよがしに舌打ちした。

「あーあ……死んでくれてれば面倒もないのに。うっとうしい、このビチクソ野郎！」

あまりにも口汚い物言いには面食らったが、彼女のその声音には、どこか安堵したかのような響きがある。

そして、この口汚さと銀色の髪、幼い容姿には覚えがあった。

「死んだって聞いてたんだけど？」

「うるさい、おまえが死ね」

それは、対抗戦のテロで、『人喰い《マンイーター》』と呼ばれる剣に呑み込まれて死んだはずの双子シスターの片割れ。妹の方だったと思う。

確か、名前は――シスターファラン。

《了》

特別収録　レッツゴー☆オズマーランド！

「はあ、はあ、はあ……」

夜半の寝室に、リズムの異なる男女の呼吸音が幾重にも重なっていた。

精霊石の淡い間接照明に浮かび上がる汗まみれの裸身。酸素を求めて上下する胸。燻《くすぶ》る官能の残り火に、女たちの白い尻がビクンビクンと震えている。

アーヴィンとシャーリーが左右から火照る肢体を俺へと擦り寄せ、うっとりとした表情のザザが、俺の腹を枕に息を荒げていた。

ザザを三人目の妻に迎えてから、彼女たちを同時に抱くのは、これが三度目だ。

最初の一度はともかく、二度目以降は抜け駆けしようとした一人を残りの二人が咎め、それを宥めようとした俺に矛先が向いて、なし崩しで三人を同時に相手しなくてはならなくなるというパターンが成立しつつあった。

(それにしても……異常すぎるよな、この身体の絶倫っぷりは……)

妻たちは、それぞれに何度も絶頂し終えている。

それでも尚、俺のモノは萎える気配もなく雄々しく反り返ったまま。

それは不満げに震えながら、更なる彼女たちの奉仕を求めていた。

愛する妻たちは疲労困憊といった様子ではあるが、快感に瞳を蕩けさせながら、俺の身体を愛おしげに撫で回し、甘えるように身を擦り寄せてくる。

普段は凛々しい近衛騎士のシャーリー。人前ではツンツンと刺々しいこの国の姫アーヴィン。そして、フレンドリーなクラスメイトのザザ。いずれ劣らぬ美少女たちである。

多くの人間に憧れの目を向けられる女たち。そんな彼女たちが今、発情しきった牝の顔をして争うように俺の寵愛を求めていた。

（まったく……過ぎた贅沢というか……）

それが、偽らざる俺の想いである。

魔法の研究三昧で女性にほとんど縁も無く、童貞のまま一生を終えた前世を思えば、この状況は未だに夢の中にいるようにすら思える。

そのせいだろう。どこか一歩引いたような目で、この状況を眺めている自分自身がいた。

（でも……もっと彼女たちを味わいたい）

そろそろ休憩も終わり。俺が再び彼女たちを抱き始めるための切っ掛けをさがしていると、アーヴィンが俺の胸に指先での字を描きながら、甘えるように囁きかけてくる。

「ねぇ、オズ、今度の休みなんだけど……」

「なんだ？」

「旅行とか……どうかな？」

すると、俺が返事をするより先に、ザザが顔を上げて話に割り込んできた。

「いいね、それ！　新婚旅行ってことだよね！　行こう！　行こう！」

「ちょ、ちょっと、ザザ！　私はオズと二人っきりで……」

慌てて抗議の声を上げるアーヴィン。だが、ザザはその鼻先に指を突き付ける。

「奥さんはみんな平等！　だよね、シャーリー先生！」

「そうですね。そして一人ずつ旦那さまと旅行するなら、順番的には私が一番初めかなと……」

名目上、第一夫人であるシャーリーにそう言われると、いくらこの国の姫であるアーヴィンと言えど、強引に押し切ることもできない。こうなってしまうと勝負あったというものである。

シャーリーを味方に付けて、ザザは勝ち誇ったような顔でこう言い放った。

「三人一緒に三回の旅行と、一人一回ずつの旅行、どっちがいいかなんてわかりきってるじゃん」

「ぐ……ぐぬぬ」

悔しげな顔をするアーヴィン。

どうやら、俺が三回旅行に行くことは確定事項らしい。旦那さま、旦那さまと随分持ち上げられている割に、俺に決定権がほとんどないのは謎としか言いようがなかった。

「はぁ……わかった。わかったわよ」

不承不承といった様子で肩を竦めるアーヴィン。一方でザザは上機嫌に話を進める。

「で、どこ行く？　行っちゃう？」

「うーん……行けても一泊でしょうから、それほど遠くには……」

「じゃ、リメルだね。近場だけど」

シャーリーの言葉尻を食うように、ザザがあっさりと行き先を決定してしまった。

（リメルは近場っていう認識なのか……）

リメルは、この国の辺境。そして俺の故郷であり、我がクラリエ家の領地である。

前世の記憶に基づいて言えば、王都からリメルへの道のりはとんでもない悪路だ。

旅程の大半が山岳路で馬車は使えず、亡者の谷《ワイトバレー》と呼ばれる大渓谷が横たわっているせいで、大きく迂回路をとる必要があり、当時はどれだけ急いでも二ヶ月以上かかる道のりであった。

それがこの時代では朝、精霊列車《トレイン》に乗れば昼前には到着するというのだから、三〇〇年の時の流れの凄まじさを思い知らされる。

この時代に転生して驚くことは沢山あったが、最も驚いたのはこれかもしれなかった。

「精霊列車《トレイン》というのには興味がある……」

「あ、オズくん、乗ったことないんだ？　すっごく速いから！」

普段利用しているモトもそうだが、エドヴァルド王国時代には、魔法で乗り物を動かすという発想そのものがなかった。

一体どんな仕組みなのか、どんな風に動くのか、本当にそんなに短時間でリメルに辿り着けるのか……考えれば考えるほどに興味は尽きない。

（それに……故郷がどんな風に変わったのかも気になるしな……）

以前、シャーリーに聞いた話によれば、俺の生家であるクラリエ家も滅んではいないのだという。クラリエ家の末裔にも会ってみたい気はするが、一方でオズマーランドとかいうテーマパークになっているという話には、イヤな予感しかしなかった。

「じゃあ、オズくんも乗り気みたいだし、決定だね！」

「うぅ……旅行に行こうって言ったのは、私なのに……」

いつのまにか話の主導権をザザに掻っ攫われて、アーヴィンは不満げに唇を尖らせる。このまま放置しておくと碌なことにならないのは、既に幾度も経験済みだ。

「アーヴィン、拗ねた顔も可愛いな」

「やーん、もう、オズったらぁ……」

俺は有無を言わさず彼女の唇を奪い、薄い膨らみを揉みしだく。大きい胸は良いものだが、彼女のこの慎ましやかな胸もまた愛おしい。

アーヴィンへの口付けを皮切りに、ザザとシャーリーが頷きあって俺の身体を弄《まさぐ》り始める。

そうして俺たちは再び、愛の営みへと没頭していった。


数日が経過して、俺たちは旅行の日を迎えた。

旅行に関することは、ジゼルの手により全て滞りなく手配済み。俺たちはそれぞれバラバラに王城を出発して王都西側の発着場へと向かい、精霊列車《トレイン》に乗り込んでから落ち合う手はずとなっていた。

どうしてみんなで一緒に王城を出ないのかというと、これはお忍び旅行だからだ。

本来、王家の一員であるアーヴィンが遠出するとなれば、特別列車を運行させたり、護衛騎士や侍女たちをゾロゾロと引き連れて歩き回るなど相当な大事になるらしい。

流石に、そんな新婚旅行は勘弁願いたかった。

そのため、アーヴィンと近衛騎士としてかなりの有名人であるシャーリーには変装してもらい、念には念を入れて別行動を取ったという訳である。

俺が日の出前の薄暗い発着場に辿り着いた時には、行商人と思わしき大荷物を抱えた人々と、恋人同士と思わしき若い男女が、駅舎にひしめきあっていた。

「こんな朝早くから、凄い行列だな……」

俺が思わずそう呟くと、斜め後ろから唐突にザザの声が聞こえてくる。

「おはよー、オズくん！」

「ああ、おはよう……ってザザ、合流は客車に乗り込んでからじゃなかったっけ？」

「大丈夫、大丈夫だってば。姫殿下やシャーリー先生は問題あるかもしれないけど、アタシはただの一般生徒だし、婚約者の近くに居て声も掛けないほうがどう考えても変じゃん」

「まあ、そりゃそうか」

「で、オズくん、そっちは三等客車の列、アタシたちはこっち！」

ザザが言うには、人がひしめきあっているのは一番安い三等客車の乗り場で、行商人たちは途中の中継駅で乗り換えて各地を目指し、若い男女は俺たち同様、リメルを目指す観光客だろうとのことだった。

ジゼルが俺たちに手配してくれたのは、一等客車の乗車券である。

ザザに手を引かれて辿り着いた一等客車専用の乗降口に人は疎《まば》らで、俺とザザの他に乗客は四人ほど。そのうち二人は、変装したアーヴィンとシャーリーであった。

アーヴィンは黒髪をミュシャのように二つ結びに結わえて眼鏡を掛け、服装も庶民らしい草色のジャンパースカートに白いブラウス。溢れ出る王族オーラを地味な装いでどうにか抑え込んでいるといった風情である。

一方のシャーリーはというと、長い金髪を鳥打ち帽に押し込んで、グレーのズボンに紺のジャケットを纏った男装。あの大きな胸をどれだけ締め付けているのだろうかと心配にはなるが、この人物が男性だとしたらあまりにも美少年過ぎて、どう見ても普段以上に衆目を集めていた。

「はへぇ……クロエが、このシャーリー先生を見ちゃったら、大騒ぎしてたんだろうなぁ……」

感心したような声を漏らすザザだが、そう言う彼女の服装も、いつもよりグッとお洒落な印象である。

へそ出しの裾の短いピンクのカットソーに、同じ色のニーソックス。丈の短い黒のプリーツスカートが小悪魔っぽく、ソックスとスカートの間から覗く白い太腿に、ついつい目が吸い寄せられた。

「オズくぅん、どうアタシのこの格好？　似合ってる？」

「ああ、すごく可愛いよ」

少ないとはいえ人目がある以上、アーヴィンとシャーリーは俺たちと他人のふりをせざるを得ない。だが、ザザはそんなことお構いなしに、いや、むしろ今がチャンスと言わんばかりに、甘え声を洩らしながら俺に身を摺り寄せてきた。

俺としては、物分かりの良いシャーリーはともかく、アーヴィンの機嫌を損ねてしまわないかと気が気でない。実際、ザザの一挙手一投足に、彼女はビクン、ビクンと反応していた。

俺は、くっついてくるザザをさりげなく引き剥がしながら、誤魔化すように問いかける。

「えーと……オズマーランドだっけ？」

「うん！　楽しみだね、オズマーランド！」

「ザザは、行ったことあるの？」

俺がそう問いかけると、彼女はなぜかムッとしたような顔をした。

「あるわけないじゃん、恋人たちの聖地だよ！　彼氏もいないのにオズマーランドとか、惨めすぎて泣けちゃうってば！」

「恋人たちの聖地？」

「そうそう、オズマーランドでデートしたカップルは、必ず結婚するっていうジンクスだってあるんだから！」

「なんだそりゃ……」

「だって、景色はロマンティックだし、アトラクションも楽しいし……」

（ロマンティック？　あんな山を切り開いた畑しかないような場所が？）

「噂だとオズマーランドで盛り上がったカップルの大半は、一ヶ月半ぐらい経ったら女の子がお腹をさすりながら男の子を訪ねてくるんだって！」

「結婚するじゃなくて、結婚せざるを得なくなってるだと!?」

まさかの授かり婚の聖地である。

愕然とする俺の耳元で、ザザが艶やかな声で囁く。

「パパになっちゃえばいいじゃん。ね、オズくん」

一気に旅行する気を失うも、ザザに腕を掴まれて一等客車に連れ込まれ、後から乗り込んできたアーヴィンとシャーリーに逃げ道を塞がれた。

ジゼルが手配してくれた一等客車は、向かい合わせの四人掛け席が二組の八人乗り。一両を貸し切っているので、車両にさえ乗り込んでしまえば他人のふりをする必要もない。

「ちょっとザザ！　どうして抜け駆けすんのよ！」

客車に乗り込むや否や、アーヴィンがザザへと突っかかった。

「あはは、ごめんって。オズくんが三等客車の方に行っちゃうのが見えちゃったからさー」

ザザが後退りながらそう答えるのとほぼ同時に、発車を告げるベルがけたたましく鳴り響く。

「動き出しますから、お席に」

シャーリーに促されて、俺たちは慌ただしく座席に着いた。すると、車両がゆっくりと動き出す。動き出しの感覚はモトとあまり変わりがない。車輪のガタつき。次第に振動が増幅していくような感触。想像以上に激しく揺れた。

「結構、揺れるな……」

「速度が上がりきってしまえば、揺れはほとんどなくなりますので」

斜め向かいのシャーリーが、そう言って俺に笑いかける。

車窓の向こう。後ろへと飛び去っていく風景。シャーリーの言葉通り、速度が上がると走っていることすらわからないほどに揺れはなくなり、風を斬る音だけが窓越しに響き始めた。

数分で門を抜けて王都を抜け出し、車窓の景色は田園風景へと変わる。

考えてみれば、転生以後王都を出るのは、これが二度目。対抗戦のために闘技場を訪れたのが一度目、そして今回である。

郊外の風景は王都と比べれば前世で見たのと大きく違いはない。だが、人も寄せ付けないような沼地だった場所が整備された農地に変わっていたのには、三〇〇年という時の流れを感じさせられた。

「それにしても、むちゃくちゃ速いな」

「モトとは比較になりませんからね」

俺が感心すると、シャーリーがどこか誇らしげな顔で説明してくれる。

「精霊列車《トレイン》は我が国の精霊魔法技術の粋を集めて造られたもので、車輪は初速を上げるためだけに使用され、途中からは専用道路の左右に埋め込まれた精霊石の力で、わずかに車体を浮かせて移動しています」

「浮いているのか⁉　なるほど、だからこんなに揺れが少なく……これはすごい！」

たぶん、一番はしゃいでいるのは俺かもしれない。そこからしばらくの間、俺は我を忘れて、「アレはなんだ？」「これはどんな仕組みなんだ？」と、シャーリーたちに質問を繰り返していた。

だが、まあそれはそれで良いのだろう。俺が感心するたびに、アーヴィンやシャーリーはどこか誇らしげな顔になって、ザザはそんな俺たちを微笑ましげな顔で眺めていた。

俺にとっては刺激的だし、彼女たちにとって嬉しいことならば、何一つ問題はない。

そして、俺たちが乗車して二刻ほどが経過した頃、シャーリーが窓の外を覗き込んで、こう口にした。

「そろそろ、オズマの谷《オズマバレー》です。この路線最大の絶景でございますね」

「いや……王都とリメルの間に横たわる渓谷と言えば、『亡者の谷《ワイトバレー》』じゃないのか？」

一斉にきょとんとした顔を向けてくる妻たち。うん、いい加減もう慣れたよ。

「で、オズマの谷《オズマバレー》って……また何か逸話があったりするんだよな？」

肩を竦めながらそう問いかけると、アーヴィンが誇らしげに胸を反らした。

「もちろんよ」

「えーと……高祖陛下とグロズニー皇帝の一騎討ちの時の話だったっけ？」

「そうです！　高祖陛下が絶体絶命のピンチに陥った際、大地を割って現れた精霊王オズマが高祖陛下を救ったという逸話ですね。その際にできたのがオズマの谷《オズマバレー》なのです！」

うろ覚えといった雰囲気のザザに、力強く頷くシャーリー。

「なのですって言われても……な」

俺としては（またか……）と呆れるしかない。

そもそも『亡者の谷《ワイトバレー》』は俺の生まれる前から存在しているし、それ以前に皇帝とフェリアの一騎討ちという状況がもうおかしい。

一国の皇帝が一対一で戦う状況など、そもそも有り得ないのだ。

とりあえず、オズマが関わっているということにしておけば良いだろう的な、関係者全体の怠慢を感じざるを得なかった。

「ほら、オズ、オズマの谷《オズマバレー》に差し掛かるわよ」

アーヴィンに促されて、俺は窓の外へと目を向ける。

そこはまごうこと無き亡者の谷《ワイトバレー》。だが、旅人を寄せ付けず、ただ迂回することしかできなかった大渓谷に、巨大な石造りの橋が架かっていた。

「これは……すごいな」

俺は、思わず言葉を失う。

俺が生きていた時代では、足場を造ることさえままならなかった巨大な渓谷。そこにこんなに巨大な橋を架ける技術など想像もつかなかった。

「これはいったい……どうやって作ったんだ？　土属性の魔法か？」

シャーリーが、真っ直ぐに俺の目を見つめる。

「いいえ、多くの職人の手によって、何十年という月日をかけて造られたと、そう聞いております」

「……そうか」

悪い癖だ。魔法を学ぶものは、ついつい全てを魔法で解決しようとする。だが、そのせいで三〇〇年前、エドヴァルド王国がどうなったかは言うまでもない。

俺が考えに没入しかけたところで、ザザが急に話題を変えた。

「それはともかく姫殿下！　そろそろオズくんの隣、交代してほしいんだけど！　もうとっくに半分過ぎてるしさ」

「それは無理」

「なんで！」

「この座席は、既に我がヒップと一体化してるから」

「おかしなこと言い出した!?」

途中で座席を交代するというのは精霊列車《トレイン》に乗ってすぐに決めたことだが、ここへきてアーヴィンはその約束を反故にしようとしていた。実に王族らしいわがままである。

「じゃあ、こうしちゃうから！」

「お、おい！」

ザザは、俺の首に手を回し、抱き着くように正面から膝の上へと乗ってきた。胸板に押し付けられる豊かな肉鞠の感触。途端にアーヴィンが信じられないとでも言いたげな顔で喚き散らす。

「あ！　ちょっ！　ズルい！　ズルいわ！」

「姫殿下には言われたくないやい。べーだ！」

べーっと舌を出すザザに、アーヴィンがキーッといきり立った。完全に子供の喧嘩。この二人に比べれば、斜め向かいの座席で苦笑するシャーリーは、やはり少し年上だけあって流石だなと思う。

ならば良い子にご褒美を上げるのが、教育の基本であろう。

「ザザは、この席が良いんだな」

「うん、そうそう」

「じゃあ、俺と代わろう」

「へ？」

俺はザザを抱きかかえて持ち上げると、席を立ってそこにザザを下ろし、シャーリーの隣へと席を移る。

「ちょ！　オズくん、そういうことじゃなくて！」

「遠慮はいらないって、アーヴィンの隣がいいとか。流石、親友同士って感じだよなー」

わざとらしくそう言いながら、俺は見せつけるようにシャーリーの肩を抱き寄せると、アーヴィンがザザを睨みつけた。

「ザザ、アンタがバカなことするから！」

「姫殿下が約束守らないからでしょ！」

額を突き付けて睨み合う二人を他所に、俺はシャーリーの耳たぶを甘噛みする。

「あん……旦那さま」

潤んだ瞳で見上げてくるシャーリー。

普段とは違う男装姿も可愛くて、俺は我慢できずに彼女と唇を重ねた。

「うぅー……こんなはずじゃなかったのに」

「姫殿下のあんぽんたん」

二人の嫉妬に塗れた視線を感じながら、シャーリーの唇を堪能する。そしてシャツのボタンを外して隙間から手を入れ、さらしに潰された胸を撫で回した。指先にわずかに突起の感触、それを執拗に弄《いじ》り倒すと、シャーリーが乱れた吐息を誤魔化すようにこう口にする。

「んっ……だ、だんなさま、ま、窓の外……はぁ、はぁ……オズマーランドが見えてまいりました」

「ん？　早くないか？」

「ん、あっ……見えるのはまだ、シンボルタワーだけですが……」

そう言われて目を凝らすと地平線の向こうに塔らしきシルエットが見える。なるほど、この距離で見えるぐらいなら相当巨大なものらしい。

「……デカいな」

思わずそう呟くと、アーヴィンが不満げに唇を尖らせながらこう言った。

「そりゃそうよ、オズマの・・・・・・シンボルを模《かたど》ったものだもの」

「……なんか今、背筋に冷たいものが走ったんだが？」

「平たく言えば、おち○ちんだよね」

うん、ザザ。わかってはいたんだけど、言葉にしないで欲しかった。

先の膨らんだ形状にそんな気はしてたんだ。でも、まさかこの国の人間もそこまで頭がおかしいことはないだろうって、信じたかったんだよ。

「この国で一番高い大聖堂の尖塔より、拳一つ分だけ低いと聞いております。おそらく男性器を模った建造物としては、世界最大ではないかと」

「そもそも男性器を模った建造物なんて他にないからな！」

冷静に説明してくるあたり、シャーリーですらアレがおかしいとは、これっぽっちも思っていないらしかった。シンボルタワーが男性のシンボルの形とは、捻りがなさすぎて逆に意表を突かれたような気さえする。

「夜はライトアップされると聞いてるけど……見上げれば、満天の星とおち○ちん。ロマンティックだわ」

一気に帰りたくなった。思わずげっそりしていると、アーヴィンが急に頬を赤らめる。

「誰のおち○ちんでもいい訳じゃないんだからね！」

そんなツンデレはいらない。

時を追うごとに近づいてくる巨大な男性器。シャーリーを可愛がってやろうという意欲も大きく減退し、物足りなげな目をするシャーリーには申し訳ないとは思いながらも、そこから俺は目を瞑って、ひたすら魔法の術式の暗唱に没頭した。現実から目を背けたかったのである。

そこから一刻ほども経った頃、精霊列車《トレイン》が次第に速度を落とし始めた。

速度が落ちるに従って、車輪を通じて振動が戻ってくる。

「旦那さま、リメルに到着します。お目覚めくださいませ」

シャーリーが、俺の耳元で囁いた。

どうやら彼女は、俺が目を瞑っていたので眠っているものと思っていたらしい。

速度を落とし続けていた車両が完全に停止して、俺は静かに目を開けた。

窓の外には、石造りの駅舎が見える。観光地ゆえか、それは王都の発着場よりも立派な造りのようにも思えた。

「着いたー！」

ザザがはしゃぎ声を上げると、アーヴィンとシャーリーが俺の方へと手を差し伸べてくる。

「行くわよ、オズ」

「旦那さま、参りましょう」

大きく伸びをしながら客車を降りるザザ。その後を追って乗降口に降り立つと、俺たちの立つ一等客車専用の乗降口の遥か後方、三等客車用の乗降口に、人が溢れ出ているのが見えた。

想像していたよりずっと多くの人々が、同じ列車に乗っていたようだ。

空を見上げれば、太陽は未だ中天に到達しておらず、柔らかな日差しが降り注いでいる。

駅舎の窓から見える範囲には、石造りの街並み。建物は俺の生きていた時代の建築様式に近いようだが、少なくとも俺の知るリメルの風景ではなかった。

「本当に昼前に着いたけど……ここ、ホントにリメルなんだよな？」

「だから、そうだってば」

今さら何を言っているのとでも言いたげに、ザザが苦笑する。

だが、やはり前世での苦難に溢れた道のりを知るだけに、俺は未だに信じられずにいた。

階段を下りて、発着場の中央口へ。

ここで二等、三等客車の乗客と合流するため、シャーリーとアーヴィンは一旦俺たちと距離を取り、ザザが待ってましたと言わんばかりに俺に腕を絡める。

発着場を出ると、オズマーランド正門までは一本の大きな道が続いていて、その左右には多数の露店が軒を連ねていた。

「えへへ、まずは腹ごしらえからだよねー」

そう言いながら、ザザが楽しげにキョロキョロと左右の露店を見回す。

「園内には本格的な料理店もあるみたいだけど、こういう食べ歩きも旅の醍醐味だよね」

「そうなのか？」

俺の生きていた時代の貴族なら食べ歩きなどという無作法はもってのほかだったのだが、この時代ではそうではないのだろうか？

そう考えていると、背後でシャーリーがこれ見よがしに咳払いをした。

「旦那さまの妻として恥ずかしくない行動をお願いします」

「えー……いいじゃん。旅行なんだからちょっとぐらいハメを外してもさぁ」

「ダメよ。到着したら、すぐにリメル領主と会食の予定だもの」

アーヴィンのその一言に、俺は思わず目を丸くする。

「え？　お忍びのはずじゃ……」

「そのつもりだったんだけど、お母さまが勝手に通達しちゃったのよ。『娘がお忍びで訪問する』って……領主は当然クラリエ家の末裔ではあるけれど、オズの正体についてはバラしちゃダメよ」

相変わらず、女王陛下は何を考えているのかよくわからない。

アーヴィンの言う通り、領主ということは現在のクラリエ家の当主、つまり俺の死後に生まれた弟であり、妹のように可愛がってきたメイド――アリシアと親父殿の間に生まれた子の子孫である。

（もしかしたら、俺を会わせてやろうとでも思ったのかな……）

だとすれば、ありがた迷惑としか言いようがない。

興味がないわけではないが、一方でどんな感情を持てばよいのかわからなかった。

親父殿への想い、アリシアへの想い、郷愁。ぐちゃぐちゃに入り混じった感情が、俺の胸の奥で澱のように沈殿していくような気がする。

（まあ、大人しくしてればいいよな……）

名残惜しげに左右の屋台を眺めるザザを引き摺って門をくぐり、園内に足を踏み入れると、そこにはやたらリアルな筋骨隆々のネズミの着ぐるみが二本足で立っていた。

可愛げは全く無く、近寄ってくる来場客を「シャー！　シャー！」と威嚇している。普通に怖い。

「……なにあれ？」

「マスコットのオズマウスじゃん」

俺の問いかけに、ザザが『そんなことも知らないの？』とでも言いたげな顔をした。

「マスコットって……子供泣くだろ、あれ。そもそもなんで鼠？」

「だって、オズの友達でしょ？」

「は？」

背後で首を傾げるアーヴィンを振り返って、俺も思わず首を傾げる。

話が見えない。見かねたシャーリーが、俺たちの話に割り込んできた。

「オズマウスは、旦那さまがスラムに潜伏しておられた際の唯一の友達だった鼠がモデルと言われておりますが、ご記憶にはございませんか？」

「ないない！　そんな記憶はない！」

確かにスラムにネズミは沢山いたが、あの時は飢えていたので姿を見かけるたびに、どうにか捕まえて食うことはできないものかと考えたものである。

あの頃は両手が無かったのでどうしようもなかったが、少なくとも友達なら旨そうとは思わなかったことだろう。

思わず、溜め息を吐く。

「で、会食って、どこに行ったらいいんだ？」

「シンボルタワーの根元に迎賓館があるから、そこでって聞いてるわ」

「根元って……」

少なくとも建物に使う言葉ではなかった。

視線を上げると巨大なシンボルタワーが目に飛び込んでくる。なにが悲しくて自分の逸物を見上げなければならないのか。許されるなら跡形もなく吹っ飛ばしてやりたい。

ともかく、俺たちはシンボルタワーの方へと向かって歩みを進めた。

園内には、そこかしこに例の筋骨隆々のオズマ像が設置されていたが、いちいちツッコミ始めるときりがないので割愛するが、俺のメンタルは確実にゴリゴリと削られている。

そして、イヤな予感はしていたのだが、辿り着いたシンボルタワーの根元には、案の定二つの球状の建物があった。

どう見てもキ○タマである。しかも何の嫌がらせか、黄金色に輝いていた。最悪である。何が最悪って、愛する妻たちの誰一人としてこの光景をおかしいと思っていなさそうなことが、最悪としか言いようがなかった。

右側のキ○タマの前で、何人もの園内スタッフらしき男女が何かを探すように、キョロキョロと辺りを見回している。そして、そのうちの一人がこちらに気付くと、慌ただしく駆け寄ってきた。

「ご来賓の方……でございましょうか？」

アーヴィンの名を出すのは憚られるのだろう。そのスタッフが恐る恐るそう問いかけると
アーヴィンは、王族らしいロイヤルスマイルを浮かべて小さく頷いた。

途端に、そのスタッフは総身に緊張を走らせながら、右側のキ○タマの方を指し示す。

「ようこそ、オズマーランドへ！　どうぞ、こちらへ！」

スタッフの後について、俺たちは右側のキ○タマへと足を踏み入れた。

とりあえず、キ○タマに足を踏み入れるという表現のおかしさについては、考えないことにしたい。

キ○タマ……もとい、球形の建造物は外装の煌びやかさとは裏腹に、内装は意外にもかなり真面だった。

高級感のある食堂《レストラン》といった雰囲気で、十数人は座れるであろう黒檀の長テーブルの脇には一人の男性の姿がある。年の頃は四十代半ば、筋骨隆々たる偉丈夫であった。

「アーヴィン姫殿下！　この度は我が領地へのご来訪、心より歓迎いたします！」

「クラリエ卿、お久しぶりです」

どうやら、この男が我がクラリエ家の末裔らしい。

三〇〇年後の子孫ともなれば、血も混じり合って親父殿やアリシアの面影を見つけることは難しいだろうとは思っていたが、難しいとかそんなレベルの話ではなかった。

親父殿は俺以上に痩せ型で細身、アリシアについては言うまでもない。このムキムキマッチョな現領主とは似ても似つかなかった。どちらかと言えば、例のオズマ像の方がよく似ている。

（……というか、この男が例のオズマ像のモデルなんじゃないのか？）

そんなことを考えていると、領主が訝《いぶか》しむような声音でアーヴィンに問いかけた。

「しかし、姫殿下。失礼ですがこの度はどう言った御心境の変化ですかな。御身自らオズマーランドにお越しになるなんて。女王陛下から、姫殿下は大英雄オズマをあまりお好みでいらっしゃらないと伺っておりましたが……」

「あら、別に嫌っている訳ではありませんわ。それに、今回は友人たちとの親睦を深めるのが目的ですし……」

アーヴィンは、俺たちの方へと顔を向ける。

「クラリエ卿にご紹介しておきましょう。近衛騎士のスピナー卿はご存じですわよね」

「ええ、もちろん」

シャーリーと領主が会釈し合うのを見届けると、アーヴィンは俺の方を指し示した。

「こちらが彼女の弟にして、私のバディのオズ・スピナー。そして、その隣が彼の婚約者で私の友人、ザザ・ドールですわ」

途端に領主が大きく目を見開く。

「おお、この少年が噂の！」

「噂……ですか？」

「ええ、対抗戦で姫殿下とともに巨大ゴーレムを打ち倒し、女王陛下の危機を救ったともっぱらの噂ですぞ」

（こんな辺境地にまで伝わっているのか……目立ちたくない身としてはかなりマズい気がするな）

ひとしきりの挨拶を終え、俺たちは席に着いた。

最上席は、もちろん王族であるアーヴィン。友人枠である俺とザザと違い、護衛ということになっているシャーリーには最初、席は用意されていなかった。だが、アーヴィンの希望ということで急遽、彼女の席を用意してもらう。

「姉が立ったままでは、オズが気を使いますから」

「これはこれは！　気が回らず申し訳ありませんでした」

そう言って、領主が大きな身を縮めるようにして頭を掻いた。巨体のせいで威圧感があるものの、その笑顔には何ともいえない愛嬌がある。

そんな彼の様子に、俺はどこか見覚えのあるものを感じた。

（親父殿ではないけれど、誰かに似ているんだ……いったい誰だ？）

食事は、昼食ゆえに重すぎないが、心づくしが感じられるとてもおいしいものだった。終始なごやかな雰囲気の中で会話も弾み、俺は先程頭を過った疑問をぶつけてみることにする。

「そういえば、領主さまは大英雄オズマの彫像に良く似ておられますね。もしかして、あの彫像のモデルは領主さまですか？」

「ははは！　似ていると仰っていただくのは光栄ですが、現在の一般的なオズマ像のモデルは、曾祖父のオズマールだと聞いております」

「ひいお爺さまですか？」

「ええ、芸術家たちがオズマをどう描くか頭を悩ませ、実際のオズマはどんな人物だったのかと研究されていく途上で、我がクラリエ家の男たちが代々皆、このように体躯に恵まれていることに着目し、オズマはきっとそれ以上であっただろうと、オズマールをモデルに筋肉を一回り大きく造られた彫像が、現在のオズマ像の原型だと言われておりますな」

（いやいやいや！　代々体躯に恵まれって……そんなことないからな！　クラリエ家は、どっちかっていうと小柄で細身な血筋だぞ！）

どう考えても他所から入ってきた血に、クラリエ家の血が制圧されたとしか思えなかった。

（だが、まあ……オズマ像がなんでマッチョなのかはよくわかったよ）

「それで……姫殿下。午後から園内を散策されるのであれば、こちらでも護衛を用意し、必要であれば一般人の入場規制を行いますが？」

領主のそんな提案に、アーヴィンはゆっくりと首を振る。

「不要です。お忍びですから。列に並ぶのも人込みに揉まれるのも良い思い出になるでしょう。

ね、シャーリー」

「はい、私もついておりますので」

実際のところ護衛など付けられたらいちゃつくこともできず、ザザが俺を独占することになるのだから、この二人にそんなもの許容できるはずがなかった。

会食を終えて領主に礼を言うと、俺たちはキ○タマを後にして園内の散策をスタートする。

「どう、オズ？　子孫に会った気分は」

「うん……色々と複雑だな。クラリエ家がこの時代にも残っていること自体は喜ばしいけれど、三百年後の人間に親父殿の面影を探してしまったのは、我ながら滑稽というか……」

「別におかしなことじゃないわよ」

思わず目を伏せる俺の手をとって、アーヴィンが微笑んだ。

「旦那さまには、私たちがついています」

「そうそう、昔のことなんてどうでもいいじゃん！」

シャーリーが優しく微笑み、ザザが明るい声とともに俺の肩を叩く。

「ああ……そうだな」

そして、彼女たちは俺の手をとって走り始めた。

園内は、既に多くの人で賑わっている。

リメルは、もともと切り開いた山肌に畑ばかりの何もない場所だ。人間よりも狼やイノシシ、熊の方が多いような超絶怒涛の田舎だっただけに、これだけの賑わいを見せていることが信じられない気がした。

「オズくん、アタシ行ってみたいアトラクションがあるんだけど！」

「ああ、いいぞ」

グイグイと俺の手を引っ張ってくるザザ。

彼女に連れていかれたのは、『オズマ・ザ・ライド』という名の乗り物だった。

高速で走る籠のようなものに乗って、走行しながら大英雄オズマの一生を体感するという実にアレな代物である。

予想通り、この『オズマの一生』には欠片ほどの事実も存在せず、後半に到っては無数のお姉さんたちと筋骨隆々のオズマの蝋人形が、あらゆる体位でまぐわっている間を駆け抜けるという不道徳すぎるアトラクションであった。

続いて、連れて行かれたのは『オズマシアター』。

そこでは、役者たちによって寸劇が行われていた。

マッチョな大英雄オズマが、次から次へと現れる悪者を一撃で倒して高祖フェリアを救い出し、最後は「実は炎の精霊王だったのだ！」と、わざとらしい告白をして精霊界に帰っていくというあらすじである。

（いや、帰っちゃったら、炎の精霊王はいないって話と矛盾するだろ……）

たぶん、こういうツッコミは無粋なのだ。実におおらかである。

げっそりする俺とは裏腹に、妻たちは大はしゃぎ。彼女たちもあれが事実ではないことはわかっているはずなのだが、「それはそれ、これはこれ」ということらしかった。

「……ちょっと休憩したい」

俺が思わず音を上げると、シャーリーが口元に指を当てて考える。

「休憩であれば……ファミリー向けのフードコートと男性向けの風俗コートがあるようですが、どちらがお好みでしょう？」

「いや、フードコートだろ」

風俗でご休憩は、更に疲れるヤツである。

フードコートで一休み。

オズマサンドやオズマ丼などの意味不明なメニューを完全に無視して、俺は紅茶とスコーンを注文する。

広いフードコートの壁面には、一目でフェリアだとわかる壁画が描かれていた。

俺が知っているフェリアがそのまま成長したら、確かにこんな感じの美しい女性になるだろうと、そう思う。長い槍を手に紫のローブを纏った彼女に、白い羽を持つ銀髪天使が寄り添っていた。

（ん？　あの天使、何となくジゼルに似ているような……）

だとすれば皮肉なものである。どう考えても彼女には、天使よりも悪魔の方が似合っているからだ。

「時間的には、次が最後のアトラクションかしら」

円卓を囲んでケーキをつつきながら、アーヴィンがそう告げた。

「じゃあ、観覧車！　オズマーランドに来たら観覧車は乗らないと！」

ザザがケーキを頬張りながらそう言うと、アーヴィンとシャーリーもうんうんと頷く。

「観覧車なんて見かけなかったけど？」

俺が首を傾げると、シャーリーが口を開いた。

「観覧車はメインアトラクションなので、一番奥にあるんです」

「一番奥？」

「ええ、シンボルタワーの裏側ですね」

フードコートを出てシンボルタワーの裏側に回ると、そこには巨大なオズマ像が聳《そび》え立っていた。

夕闇の中にピンクの照明でライトアップされて仁王立ち。思いっきり勃起した股間のアレを軸に、巨大な車輪のようなものがゆっくりと回っている。

「最悪すぎるだろ!?」

頭のおかしさここに極まれり。だが、俺のそんなツッコミを完全に無視してザザが話を進めた。

「この観覧車のゴンドラは魔法のゴンドラって言われてて」

「魔法？」

「仕掛けもないのに、なぜか小刻みに揺れるらしいんだよね」

「絶対、中でヤってるだろ!?」

思わず声を上げる俺に、ザザはブンブンと首を振った。

「そんなことないってば！　だって、男同士で入っても揺れてたもん！」

ノーコメントである。

見上げれば、確かに幾つものゴンドラが小刻みに揺れている。

「とにかく、俺は絶対乗らない！　下で待ってるから！」

俺が強硬にそう言い張ったので、彼女たちは渋々三人でゴンドラに乗り込んだ。

車輪の回転に従ってゆっくり上昇していく彼女たちを乗せたゴンドラ。ベンチに腰を下ろして見上げていると中天に達する直前辺りから、それがガタガタと小刻みに揺れ始めた。

(え……？)

やがて、ゴンドラから降りてきた彼女たちは、なぜか顔を真っ赤にして息を荒げている。

「あ、あの……」

俺が声を掛けるも、彼女たちはどこか上の空。感想を尋ねてみても、三人は一様に顔を赤らめて「スゴかった」としか言ってくれなかった。

いったい中で何が起こっていたのかは、謎のままである。

しばらくベンチで休憩した後、俺たちは本日の宿泊先へと向かうことにした。

「クラリエ卿が特別な宿を用意してくれるって言ってたわ」

アーヴィンの言葉に従ってシンボルタワーの下に向かうと、園内スタッフらしい女性が慌ただしく駆け寄ってきた。

「園長より伺っております。ご宿泊でございますね？」

「ええ、そうよ」

「本日の宿泊は、大英雄オズマの生家にお部屋をご用意させていただきました」

「オズマの生家？　レプリカってこと？」

ザザが首を傾げると、スタッフは小さく首を振る。

「いいえ、大英雄オズマの生家に関しては、三百年前のまま保存されております」

思いもよらぬその発言に、俺は思わず目を丸くする。

「それでは、こちらへ」

園内スタッフに先導されて、進入禁止の立て看板の立った細い通路を抜ける。

木々に囲まれた林の中、開けた場所に辿り着くとそのスタッフが誇らしげに胸を張った。

「ご覧ください！　これが大英雄オズマの生家です」

俺たちは、思わず呆気に取られた。

ライトアップされた建物全体が、黄金色に輝いていたからである。

「全て当時のままでございます」

「うそつけぇぇええええ！」

流石に、これはツッコまざるをえない。

全面黄金張りの実家はイヤすぎる。落ち着かなくて住んでなどいられるわけがない。

それ以前に、我がクラリエ家は辺境の貧乏貴族なのだ。こんな金の掛かった邸宅に住めるはずがなかった。

だが、スタッフは何食わぬ顔をして案内を続ける。

「大英雄の生家でございますし、これぐらい当然でございます」

「そうなのですか？」

「そんなわけないだろ……」

ヒソヒソと問いかけてくるシャーリーに、俺は肩を竦めてみせた。

案内された客室内も全て黄金。落ち着かないことこの上ない。っていうか、目が痛い。救いを求めるように窓の外に目を向けた途端、俺は思わず声を上げた。

「あっ！」

「ん？　どうしたの？」

ザザが俺の傍へと歩み寄って、その視線の先へと目を向ける。

この建物の裏手、そこには朽ちた廃屋のようなものがひっそりと佇んでいた。

「あれは……俺の生家だ」

俺のその言葉に妻たちが顔を見合わせる。

屋根も破れ、ボロボロで見る影もないが、それでも見間違えようはずがなかった。

取り壊されずに柵で囲まれているところをみると、歴史的価値を計りかねているのかもしれない。

俺たちは頷きあい、夕食を用意してくれているスタッフたちに気付かれないようにこっそりと表へ出て、裏手へと向かった。

薄闇の中に佇む生家は、もはや幽霊屋敷と言った風情。朽ち果て、苔むしたボロボロの廃屋である。それでもその形、その佇まいは間違いなく俺が少年期を過ごした屋敷だった。

建て付けの悪い扉を押し開けて中に踏み入ると、そこには家具の一つもなく、踏み出せばギシギシと足下で危うい音がする。

(三百年経って、まだ形を保ってるというだけでも奇跡だよな)

この時代に生まれ変わって初めて触れる、嘗ての俺の生活の痕跡。

(懐かしい……)

死んだ時点でも、八年は帰省していなかったのだ。

奥の台所から、今にも妹のように可愛がっていたメイドのアリシアが顔を覗かせるような錯覚を覚える。

(何もない。何もないが……もしかしたら)

俺は居間の壁、その一角に手を当てて『解呪《ディスペル》』の魔法を発動させた。

すると、そこに小さな扉が現れる。

「え？　何、これ？」

俺の肩越しにザザが身を乗り出し、興味津々といった目を向けてきた。

「親父殿の隠し書庫だ。親父殿の趣味は春画収集で……頼まれて、俺が『偽装《ディスガイス》』の魔法を施したことがあったなって……」

「じゃあ、これは未発見のオズマ史跡ってこと⁉」

「いや、未発見かどうかはわからないし、何も残っていない可能性の方が高いと思うけど……」

以前、国立博物館に親父殿の集めた春画が展示されていると聞いた。これは、そもそもそれを隠していた場所なのだ。

「オズ！　開けてみましょう！」

アーヴィンが、興奮気味に俺の肩を掴んで揺する。俺が取っ手に手をかけると、背後でシャーリーがゴクリと喉を鳴らした。

そっと扉を開くと、中を覗き込んだアーヴィンが首を傾げる。

「……手帳かしら？」

そこには一冊の手帳らしきものが置かれていた。この書庫自体が収集物を保管するための長期保存用の魔道具なのだが、それでもかなり腐食してボロボロになっている。

注意深く取り出し、一ページ目を捲ると見覚えのある字が視界へと飛び込んできた。

「親父殿の手記……だな」

そう思った途端、胸の奥から懐かしさが溢れ出し、目の奥に熱いものがこみ上げてくる。

領主にあるまじき悪筆、右肩上りの文字がのたうっていた。一日一日の出来事の記載は短く、俺が死んだ年の辺りから大きく日付が飛んでいる。

帝国占領下とはいえ、流石にリメルまで完全に支配するのは困難だ。親父殿は帝国に恭順を示すことで、そのまま領主の地位を維持したらしい。

まあ、帝国にしてみれば、何の旨味もないような土地である。放置されたという方が適切なのかもしれない。

だが、ある年を境に、文中に頻繁に登場する名前があった。

ジゼル——フェリア嬢の使いと、そう書かれている。

もしかしたら、メイドのジゼルの血縁者なのかもしれないが、彼女を案内役としてフェリアは旧王国の遺臣、反乱分子たちをリメルに逃れさせていたようだ。

そして最後の一ページ。そこには遂にフェリアが叛旗を翻したと、そう書かれていた。

親父殿は王国の遺臣を率いて、王都へと攻め上がったようだ。俺が生きている間には、碌に剣を握ったことのないような、あの親父殿がだ。信じられないような気がした。

そして、最後の一文は、妻マルメに後を託しフェリア嬢の下へと参じると記されている。

（マルメ……マルメって護衛剣士のマルメか！）

一度里帰りした時に紹介された、山賊あがりの女傑だ。

俺よりも十は年下だったが、威圧感のすごい、筋肉ダルマみたいな女だった。捕らえられた山賊の中で使えそうなヤツを取り立てるというのは、人材不足の田舎ではよくあることだ。

（メイドって言うから、親父の後妻はアリシアだと思い込んでいたが……そうか、マルメか……）

領主の仕草が誰かに似ているとそう思ったが、間違いない。マルメに似ていたのだ。

親父殿の後妻がアリシアではなかったことに、ホッとするような思いもあるが、だからといってもう手の届かない遠い昔のことには違いない。

アリシアが、あれからどうなったのかはわからないが、幸せな一生を過ごせたことを祈るしかなかった。

「オズ、大発見よ！　歴史的大発見だわ！」

アーヴィンが、興奮気味に声を上げる。

「そうか……」

「その……オズがイヤでなければ、しかるべき研究機関に提出すべきだと思うのだけれど……」

今となっては親父の形見と言えなくもないが、先に死んだ親不孝者が形見とはおかしな話でもある。

「構わないよ」

俺は、アーヴィンにそっと親父殿の手帳を手渡した。


黄金屋敷に戻った後、俺は食事も取らずにベッドに大の字になって、ただ天井を見上げていた。

楽しい新婚旅行のはずが、思いがけず親父殿の生きていた痕跡に触れて、感傷的な想いに沈んでしまっていたのだ。

部屋一面が黄金色なのには閉口するが、彼女たちが気を使ってくれて、しばらく一人にしてくれたのは幸いだった。

取り乱したりはしないが、やはり気持ちを整理するためには時間が必要だったのだ。

やがて、日付も変わろうかという頃になって、遠慮がちに扉をノックする音が響く。

「オズ……その、大丈夫？」

心配げに眉を下げながらアーヴィンが扉の間から顔を覗かせ、続いてシャーリーとザザも部屋へと入ってきた。

「心配かけちゃったな」

身を起こして微笑むと、アーヴィンが俺の頭を抱きかかえるように手を回してくる。

「大丈夫、オズには私たちがついてるから……」

「ああ」

失ったものは確かにある。過去にももう手は届かない。

だが、それと引き換えに、俺はこの三人の可愛い妻たちを得たのだ。彼女たちに不安げな顔をさせていることこそ間違いに違いなかった。

「三人とも、こっちにおいで」

俺が手を差し伸べると、三人は安堵の微笑みを浮かべて俺に身を寄せてくる。

三人は既に入浴も済ませて夜着姿。ふわりと立ち昇る湯上がりの良い匂いに、心が温かくなるような気がした。

あらためてベッドに横たわると、夜着を脱ぎ棄てたアーヴィンとザザが左右から耳元へと囁きかけてくる。

「……オズ、愛してる」

「オズくん、好きぃ……」

そして、腰の上に馬乗りになったシャーリーが正面からむにゅっと、柔らかな肉鞠を俺の顔へと押し付けてきた。

「はい、旦那さま。旦那さまの大好きなおっぱいです」

「んふっ、んんんっ……」

息苦しくも甘美なその感触に、俺は顔を左右に振って顔全体を包みこむ蕩けるような感触を楽しむ。

（ああ、柔らかい……）

人肌の温もりに、先程まで感じていた言葉にしがたい寂しさが、スッと消えていくのを感じた。

シャーリーが身を起こし、顔を覆っていたものが離れて視界が開けると、ゆさっと重たげにぶら下がる双乳の向こうにシャーリーの優しい微笑みがある。

「お好きなだけ、楽しんでくださいませ」

その言葉に甘えて、俺は目の前に垂れ下がる白い果実を両手で掴み、桜色の突起へと吸いついた。

「ンッ……」

かすかに身を震わせるシャーリー。俺は牝牛の如き乳房を思うままに揉みしだきながら、ちゅうちゅうと薄桃色の授乳器官に吸い付く。

「あんッ、旦那さま……私のミルク、たくさんお吸いくださいっ、んんっ……」

もちろん母乳など出る訳もないのだが、そこは気分である。

「じゃあ、オズくんのミルクも搾っちゃおーっと」

「ザザ、独り占めなんてさせないんだから！」

シャーリーに負けじと、ザザとアーヴィンが奪い合うようにズボンの上から勃起を撫で回した。

「元気づけようと思ってたけど、こっちはもう元気いっぱいだよねー」

「心配して損したわ」

手を忙しなく動かしながら、ザザは悪戯っぽく笑い、アーヴィンは呆れたような声を漏らす。

「そりゃ、みんなが可愛いからだって」

そう言いながら俺は、目の前の双乳を真ん中に寄せ、左右の乳首にまとめてしゃぶりついた。

「あぁん、旦那さまっ、両方一緒になんてっ……」

ちゅぱちゅぱと両乳首を纏めて吸うと、シャーリーが喜悦に満ちた声を上げる。

一方、ザザとアーヴィンは下着ごとズボンを脱がせると、それぞれ左右からそそり勃つ逸物に舌を這わせ始めた。

「んあっ……れろっ、オズのおち○ちん、いやらしい味がするぅ……いつまでも舐めてたくなっちゃうっ、れろっ、れろれろれろっ……」

「舐めてるだけでドキドキしちゃうよ……んれろっ、ぺろれろ、れろれろれろっ……」

「くっ……」

二枚の舌が男根全体を這い回るその刺激に、俺は思わず乳首から口を離す。

二人がかりのフェラチオは、これが初めてというわけではなかった。二人とももはや慣れたもの。アーヴィンが亀頭を舐めれば、ザザが裏筋を、アーヴィンが裏筋を舐めれば、ザザが亀頭をと、阿吽の呼吸で絶妙な連係を繰り出してきた。

「あん、姫殿下、先っぽばっかり舐めて、ずるいっ」

「そんなにいうなら、一緒に舐めればいいじゃない」

亀頭を挟んで、左右から舌を絡ませ合う妻たち。それはさながら、キスを思わせる舌遣いだった。

「あんっ、旦那さまっ、あ、あ、あっ……」

シャーリーの乳房を揉みしだきながら、俺は股間を這いまわる舌の心地よさに全身を弛緩させ快感の吐息をもらす。

「ああ、三人とも気持ちいいよ。気持ちよすぎてすぐイっちゃいそうだ」

「ダメよ、オズ。私たちのご奉仕はこんなものじゃないんだから」

「そうそう、ここからが本番なんだから」

そう言うやいなや、ザザが玉袋の片側を口に含んで転がし始めた。

「あん、オズくんのここ、いやらしい匂いが籠もってて興奮しちゃう……れろっ、れろれろっ……んれろっ、れろれろれろれろっ……」

すると、アーヴィンが負けじと反対側に吸いつく。

「この中に子種がいっぱい詰まってると思うと、ドキドキするわ……んちゅ、ちゅううううっ……」

二人は陰嚢を舐めしゃぶりながらも、肉竿への奉仕は忘れない。アーヴィンが亀頭を手の平で包みこんで揉みしだき、ザザが幹を緩やかに扱いた。

「うっ、ヤバいな、これ……」

肉棒と陰嚢への同時責めに、俺は思わずビクンと腰を浮かし、その上に跨がっていたシャーリーがきゃっと短い声を漏らす。蕩けるような愉悦が背筋を痺れさせた。

「もう！　旦那さま、私を忘れないでください」

双乳が顔に押しつけられ、俺は再び乳首へとしゃぶりつく。

(アーヴィンとザザから奉仕されながらシャーリーのおっぱいを吸ってるなんて、こんな贅沢、他にないぞ)

遂にアーヴィンが俺のモノを咥え込んで激しく頭を上下させ始め、ザザは幹に執拗に舌を這わせ始めた。

愛する妻たち三人による、愛情たっぷりのハーレム奉仕。これだけ一方的な奉仕を受けて我慢など長くは続かない。顔に押し付けられるシャーリーの乳房の極上の感触。下半身ではアーヴィンとザザが、絶妙なコンビネーションで俺を限界へと追い詰めていった。

「くっ！」

短い呻き声とともに、俺は遂に限界を迎える。

甘美な乳首の味わいと、逸物を責められて湧き上がる快楽に、抗う術もなく頂点を極めた。

「んんっ！　んんんっ！」

アーヴィンの喉奥で、濃厚な精を解き放つ。彼女はくぐもった声を洩らしながらも、おしゃぶりをやめようとはしない。それどころか更に射精を促すかのように、情熱的に頭を振り続けた。

（あっ、ああっ……すごいっ、気持ちよすぎるっ……）

極上のハーレム奉仕が織り成す快楽に陶酔しつつ、俺は間断なく精を吐き出し続ける。脈動ごとに鋭い快感が背筋を駆け上り、心地よい虚脱感が全身に染み渡っていった。

「ぷはっ……」

ひとしきりの射精が終わると、アーヴィンは逸物から口を離し、その瞬間、ザザは精液を奪い取ろうと彼女の唇に吸い付く。

「んふっ、や、ザザっ、やめっ、んんんっ……んちゅぱっ、れるれるっ……」

口内に溜まったドロッと濃厚な精液を口移ししつつ、ねっとりと舌を絡め合う二人の妻。その光景は、あまりにも倒錯的な官能に満ちていた。

(女の子同士のキス……それに白い精液が舌に絡みついて……)

淫靡な光景にゴクリと生唾を呑みこむ俺。そんな俺に、シャーリーが懇願するような目を向けてくる。

「ああ、旦那さまの精液、羨ましいです……」

そんな切なげな顔をされると、どうにかしてあげたくなってしまう。

「じゃあ、シャーリーにはお腹の中にいっぱい注いであげるから」

俺がそう口にした途端、ザザとアーヴィンが「えー！」と不満げな声を上げた。

だが、シャーリーは控えめな彼女にしては珍しく二人を押し退けるように、その身を下半身の方へと滑らせ、すでに濡れそぼった割れ目に素早くペニスをあてがう。

「順番！　順番ですから。ほら、私が第一夫人ですし……ああっ、んんっ……出したばかりなのに旦那さまのこれ、やっぱり大きい……んっ、あああっ！」

腰を沈ませながら、愉悦に満ちた嬌声をあげるシャーリー。

彼女がゆっくり腰を動かし始めると、ザザとアーヴィンは互いに不満げな顔を見合わせて頷いた。

「はあ、もう仕方ないわねぇ……」

「うん……今はこっちで我慢するよ」

そして彼女たちは、俺の手をそれぞれの股間に導いて、自ら秘裂に指を招き入れる。

「んはあっ、ほんとはおち○ちんが、あんっ、いいけどぉ……今は、シャーリーに譲ってあげるわよ」

「ああっ、オズくんの指っ！　あんっ、あ、あっ……」

ザザとアーヴィンが、俺の指を道具のように扱いながら甘い声で喘ぎ始めた。

指先に感じる彼女たちの股間は、すでに興奮でしとどに濡れている。ならばと、俺も両手の指で彼女たちの牝穴をいやらしく擦り上げた。

「はああっ、オズくん、オズくぅん！　そこ、いいのぉ！　もっと、もっと奥まで突っ込んでぇ！」

ザザは、たちまち快感に表情を蕩けさせながら甲高い歓喜の声を上げる。

「ひゃああんっ！　そこ、オズ、私の弱いところぉ……くぅうんっ、ああんっ！」

指の動きに嬌声をあげながら、アーヴィンとザザが俺の上で腰を動かし続けているシャーリーにへなへなとしがみついた。

「あ、あぁ、旦那さまぁ、旦那さまぁ……あんっ、奥に当たって気持ちいいですぅ」

そして、シャーリーは我を忘れて腰を大きく動かしながら快感を訴える。

三人の妻が互いの身を抱き合いながら激しく乱れる壮絶な光景。俺の興奮は留まるところを知らず、股間の昂りは早くも限界に達しようとしていた。

「ああん、ザザぁ……」

「んんっ、姫殿下ぁ、んじゅるっ、んふっ、んぅうんっ……」

「いやぁん……仲間外れはいやですぅ……んちゅっ、ちゅっ、れろっ」

我を忘れて妻たちは互いの舌を貪りあい、うっとりした面持ちでキスの快感に耽っている。

「んっ、んあっ……ザザったら、キスがいやらしすぎ。んじゅるっ……乳首もはしたなく勃起させて、んんんっ……」

「姫殿下こそ、舌遣いが卑猥すぎだってばぁ、んっ……それにはしたない乳首はお互い様でしょ……んじゅるっ、じゅずずっ、んむっ、んんんっ……」

「んあっ、あああっ、あ、あ、あっ、んんんんっ！」

互いの淫乱さを指摘し合いながら、淫蕩な接吻を交わし続けるザザとアーヴィン。シャーリーに到っては、普段の凛々しい顔の面影もなくだらしなく表情を蕩けさせている。

唾液に妖しくぬめる三枚の舌が、ぬろぬろと複雑に絡み合う淫靡な光景。互いに舌を吸い合い、唾液を飲ませ合うそんな獣染みた妻たちの姿が俺を一気に絶頂へと押し上げていった。

「くっ！」

短い呻き声とともに、腰の奥で渦を巻いていた白濁液が堰を切ってシャーリーの胎内へと溢れ出す。

「あ、あっ、あっ、イクっ、イクっ、イクぅうううう！」

シャーリーが大きく身を仰け反らせるのとほぼ同時に、アーヴィンとザザも身を強張らせた。

「ひっ！　ぁあああああああっ！」

「イクっ！　あぁあああああああああ！」

妻たちは互いの身を固く抱きしめ合いながら、絶頂に身を強張らせる。

ビクンビクンと脈動を繰り返しながら、俺も射精の快感に酔った。

やがて、俺が全てを吐き出し終えると、妻たちは俺の上へと倒れこんでくる。

汗まみれの身体、呼吸音はそれぞれに異なるリズム。

俺がいて、彼女たちが確かに今、ここにいた。

過ぎ去ってしまった過去に覚えた寂しさが滑稽に思える。そうだ。俺のことを心から恋い慕ってくれる妻たちの他にいったい何が必要だというのだろう。

《特別収録　レッツゴー☆オズマーランド！／了》

あとがき

この度は、ブレイブ文庫版『伝説の俺』第三巻をお手に取っていただき、誠にありがとうございます。

毎度おなじみ、マサイでございます。

二巻のあとがきに書いた通り、この巻はほぼ全編書き下ろしとなりました。

新キャラが登場したり、WEB版では存命のキャラクターが死亡したり、未回収の伏線を多数回収していたりと、整合性という意味では割と取り返しのつかないことになっております。

というわけで続刊できればという前提ではありますが、次巻も書き下ろし待ったなし。WEBからの書籍化ってもっと楽じゃなかったっけと首を捻っております。

さて私事ではありますが、昨年は忘れられない年になりました。

十月末に専業作家として独立したのと同時にガン発覚。そこからわずか二ヶ月足らずで完治を経験するなど、かなりミラクルな時間を過ごして二〇二三年が終了。そして現在、二〇二四年一月を迎えております。

このあたりの経緯は大いにバズりましたので、僕のX（旧Twitter）をフォローしてくださっている方は御存じかと思いますが、手術終了から二時間後、脇腹に管が繋がった状態のまま集中治療室でコミカライズ版『伝説の俺』の原稿チェックをしていたのも、なかなか出来ない経験だったなと、今となっては良い感じに笑い話になっております。

読者の皆さまには大変ご心配をお掛けいたしましたが、なりゆきで徹底的に全身を検査することになったので、現在はむしろ不健康な部分が見つからない健康体になっております。

はい、マサイ、ゲンキ、ヤッホー！　ご一緒に。マサイ、ゲンキ、ヤッホー！

そして、来月からもう一つのマサイ作品『監禁王』のブレイブ文庫化もスタートします。こちらも応援していただけると大変ありがたいです。何卒よろしくお願い申し上げます。

それでは最後になりましたが、謝辞に移らせていただきます。

H編集長始め一二三書房の皆さま。いつも本当にありがとうございます。

イラストをご担当いただいているトコビ先生。ありがとうございます。先生のイラストはいつも期待以上でキャラデザが上ってくる度に、ついつい長めに眺める時間をとってしまっています。

コミカライズ版作画のわた・るぅー先生。担当のSさま始めKADOKAWAの皆さま。

1月9日発売の第一巻も最高でした。

とても良いコミカライズに仕上げていただいて感謝しております。

最後に、見て見ぬふりをしてくれる家族、応援してくれる友人達。

そして読者の皆さま。本当にありがとうございます。

第四巻でまたお会いできることを祈りつつ、巻末のご挨拶とさせていただきます。

マサイ

BRAVENOVEL
ブレイブ文庫

伝説の俺 3

2024年1月25日　初版発行
著　者　　マサイ
発行人　　山崎　篤
発行・発売　株式会社一二三書房
〒101-0003 東京都千代田区一ツ橋2-4-3
光文恒産ビル
03-3265-1881
印刷所　　中央精版印刷株式会社

■作品の感想、ファンレターをお待ちしております。
■本書の不良・交換については、メールにてご連絡ください。
株式会社一二三書房　カスタマー担当
メールアドレス：support@hifumi.co.jp
■古書店で本書を購入されている場合はお取替えできません。

■価格はカバーに表示されています。
■本書は小説投稿サイト「ノクターンノベルズ」（https://noc.syosetu.com/）に掲載された作品を加筆修正し書籍化したものです。

ISBN 978-4-8242-0104-1 C0193